I0562455

LA RELIGION

ET LA LIBERTÉ

CONSIDÉRÉES

DANS LEURS RAPPORTS,

IMPRIMERIE BAILLY, DIVRY ET COMP.,
Place Sorbonne, 2.

LA RELIGION

ET

LA LIBERTÉ

CONSIDÉRÉES DANS LEURS RAPPORTS;

PAR

M. L.-E. BAUTAIN,

Chanoine honoraire de Paris, de Strasbourg, de Meaux; Docteur en théologie,
en médecine, ès-lettres; ex-doyen de la Faculté des Lettres de Strasbourg;
Supérieur de la Maison de Juilly, etc., etc.

CONFÉRENCES DE NOTRE-DAME DE 1847-48.

PERISSE FRÈRES, LIBRAIRES-ÉDITEURS,

PARIS

NOUVELLE MAISON
RUE DU PETIT-BOURBON, 18
angle de la place S.-Sulpice.

LYON

ANCIENNE MAISON
GRANDE RUE MERCIÈRE, 33
en face de l'allée Marchande.

1848

Ces Conférences, commencées le 16 janvier 1848, en la présence de Monseigneur Affre, Archevêque de Paris, de glorieuse mémoire, ont été terminées le 20 février. Le 22, l'agitation se répandait dans la capitale. Le 23, la lutte était engagée entre le peuple et le gouvernement. Le 24 avant midi, Louis-Philippe avait abdiqué en faveur de son petit-fils. A deux heures, il n'y avait plus de monarchie ; la dynastie était repoussée, le roi en fuite et le gouvernement provisoire institué.

Notre tâche a été finie à temps. A un enseignement grave, qui pose et discute les principes, il faut du calme, des esprits attentifs, des âmes non agitées par les commotions du dehors et les passions du moment. Le bruit des armes ne va pas à la discussion. Pendant le combat toutes les questions deviennent personnelles : devant la vérité les personnes disparaissent, le droit et la justice doivent dominer. Nous remercions Dieu de nous avoir donné encore avant l'orage quelques jours tranquilles, pour considérer impartialement, sans passion, ce qu'il y a de vrai dans le rapport de la religion et de la liberté, et pour le dire à nos concitoyens de la manière la plus solennelle et la plus sincère, en présence des autels du Dieu vivant et dans la chaire de vérité.

Juilly, ce 15 août 1848.

PREMIÈRE CONFÉRENCE.

OÙ L'ON EXPOSE LES RAISONS DE CE PRÉJUGÉ, QUE L'ÉGLISE
CATHOLIQUE EST HOSTILE A LA LIBERTÉ.

———————

Monseigneur ,
Messieurs ,

C'est avec émotion que je monte pour la première
fois dans cette chaire des Conférences de Notre-Dame,
occupée successivement par des orateurs si distingués.
Mais une pensée me rassure et m'encourage, c'est
que nous venons ici remplir un devoir et non pas
chercher une gloire. Ce n'est pas l'homme qui vous
parle, c'est le ministre de Jésus-Christ, envoyé par
son maître dans le monde pour annoncer la divine
parole et la faire retentir jusqu'aux extrémités de la
terre. Nous avons donc une mission ; cette mission,
nous ne la tenons pas de nous-mêmes, nous la tenons
de notre Évêque, qui nous envoie vers vous. Ainsi ,
Messieurs, nous paraissons ici comme le soldat sur le

1

champ de bataille; son chef lui dit : Va là! et il va, et il risque courageusement sa vie sans pouvoir garantir la victoire.

Je viens vous parler d'une grande chose, d'une chose qui préoccupe maintenant tous les esprits et agite toutes les âmes, savoir : le rapport de la religion avec la liberté. Religion, liberté! deux mots qui expriment ce qu'il y a de plus sublime et de plus admirable dans le monde ; deux mots qui se correspondent et s'expliquent l'un par l'autre, comme le ciel et la terre. La religion, la liberté, si chères, si sacrées aux cœurs nobles et purs, si bien faites pour s'entendre, pour s'embrasser, pour se pénétrer, et quelquefois cependant, par la faute des hommes, paraissant se repousser l'une l'autre et se combattre! Je dis par la faute des hommes : car nous essaierons de vous montrer que la religion et la liberté se conviennent par leur essence, et que, bien loin de s'exclure, elles s'appellent, tendent l'une vers l'autre et se fortifient merveilleusement.

Mais, dira-t-on peut-être, pourquoi venir agiter maintenant cette grande question, et dans le lieu sacré? Est-ce que le rapport entre la religion et la liberté n'est pas aussi ancien que les deux termes qu'il unit? Est-ce que la religion aurait changé de nature? Jamais. Est-ce que la liberté serait autre maintenant qu'elle apparut jadis? Peut-être. Non, Messieurs, ces deux choses n'ont pas changé dans leur essence, mais le temps a marché, les siècles ont renouvelé le monde. Le développement s'est opéré, et les formes ne sont plus les mêmes. Il y a donc sous ce rapport une question nouvelle, et c'est la question du jour; car si chaque chose a son temps dans le monde, chaque question a aussi son moment.

Il y a quelques années nous n'aurions pas osé prendre la parole sur un tel sujet dans ce temple. Maintenant, que craindrions-nous? Le nom de liberté a retenti au Capitole chrétien. Le Pontife souverain a donné le signal; il a compris ce que l'état présent de l'humanité réclame, et dans la conscience forte et profonde qu'il a des besoins de son époque et de la puissance inébranlable de la religion dont il est le chef, il a vu et déclaré que la religion et la liberté étaient faites pour s'entendre; que le temps était venu de manifester solennellement au monde leur accord, et qu'après des siècles de luttes, leur réconciliation devait être éclatante. Il a donné au monde plus que des paroles, il a fondé des institutions; et ici, Messieurs, les paroles généreuses du Vatican ont trouvé de l'écho. La voix de notre digne Archevêque s'est fait entendre à son tour, proclamant avec la force et la simplicité qui la caractérisent, qu'il y a dans le monde une véritable liberté, que la religion aime et réclame; que le Christianisme en est la source, et qu'il faut remonter à cette source pour la retrouver dans toute sa pureté, dans toute sa vérité. Votre Archevêque vous a demandé de coopérer par vos prières à la grande œuvre de l'immortel Pontife. Enfin, au pied même du Vatican, une voix éloquente a retenti, qui a montré au monde l'accord admirable de la religion et de la liberté. Vous avez tous entendu les nobles accents de cette voix religieuse et libre, qui a rendu la justice de la mort à l'un des plus grands hommes des temps modernes ; et assurément, Messieurs, ce qui a fait Daniel O'Connell si grand, si puissant, c'est qu'il a aimé de toute son âme la religion et la liberté, c'est qu'il les a unies dans sa conscience comme dans son affection, ne les comprenant pas l'une sans l'autre, et ne voulant devenir un citoyen libre qu'à la condition de rester un vrai chrétien.

Et voilà pourquoi nous venons à notre tour prendre la parole sur un tel sujet. La route nous a été ouverte, et nous y entrons avec sécurité ; car nous avons devant nous de nobles antécédents, les autorités les plus hautes du monde, et c'est en ces autorités que notre faiblesse prend sa confiance.

Ne croyez pas cependant que nous venions ici vous exposer des théories politiques. Ce n'est point le lieu, ce n'est point le moment ; nous ne voulons qu'une chose : combattre et détruire, s'il se peut, un préjugé trop répandu, savoir : que la religion catholique est hostile à la liberté. Nous venons combattre ce préjugé, parce qu'il obscurcit et embarrasse les esprits sincères, parce qu'il arrête et resserre les nobles cœurs, qui, aimant passionnément la liberté, ressentent une certaine aversion pour l'Église, et s'en tiennent éloignés, la croyant ennemie de ce qu'ils admirent et chérissent le plus. C'est à ceux-là surtout que nous voulons parler ; ce sont ces âmes d'élite que nous avons à cœur de convaincre et de persuader ; heureux si nous pouvons dissiper en elles une fausse opinion, les ramener d'un égarement funeste et les

réconcilier avec la religion catholique, qui, bien
loin d'être l'ennemie de la vraie liberté, en est au
contraire le principe et la plus sûre garantie.

Et d'abord, Messieurs, afin de déblayer notre terrain et d'y poser nettement la question, cherchons
dans cette première Conférence ce qui a donné lieu
au préjugé que nous combattons. J'y vois trois causes
principales : 1° le caractère de l'Église méconnu ;
2° l'imprudence de quelques-uns de ses ministres ou
de ses amis ; 3° les clameurs intéressées de ses ennemis.

Le caractère de l'Église méconnu ! C'est-à-dire,
Messieurs, que dans le monde on a représenté l'É-
glise comme le modèle des gouvernements absolus,
et en même temps on a déclaré qu'elle est opposée à
toute nouveauté, et par conséquent à tout progrès ;
et cela parce qu'en effet l'Église, dans son enseignement dogmatique, parle avec autorité ; parce qu'elle
n'admet point la nouveauté dans le dogme, et appuie
toujours ses discussions sur la tradition. Messieurs,
dans ce reproche fait à l'Église catholique, il y a du
vrai, il y a du faux. Il y a du vrai, et voici où est la
vérité : c'est qu'en effet l'Église, quand elle enseigne
ce qu'elle a mission d'enseigner, parle avec une autorité pleine et sans restriction. Elle impose sa parole,
parce que sa parole est la parole éternelle, parce
qu'elle l'a reçue du ciel et qu'elle est chargée de l'annoncer à la terre. Mais remarquez que la parole dogmatique de l'Église est une parole divine, surnaturelle ; que Dieu lui-même a parlé par ses prophètes,
par ses envoyés, par Jésus-Christ, le Verbe incarné,

et par ses apôtres. L'Église est dépositaire et inter-
prète de cette parole vivante ; elle doit la transmettre
dans toute sa pureté, dans toute son intégrité, dans
toute sa vérité, comme il lui a été donné d'en haut.
Sa mission est de redire fidèlement à la terre ce que
le ciel lui a dit.

Mais, Messieurs, s'il en va ainsi pour les choses
surnaturelles et dans les définitions dogmatiques, dans
les choses purement naturelles il en est autrement ;
là, l'Église n'a point de dogmes à définir, elle n'impose rien à la foi. Eh! quoi de plus naturel, je vous
le demande, que les gouvernements de la terre et
leurs institutions? Quoi de plus naturel que l'avénement ou la destruction des dynasties, le changement
ou l'extinction des droits acquis, le renouvellement
des établissements humains, le bouleversement de
tous ces édifices faits de main d'homme? Et tout
cela, dans l'ordre pratique et politique, est-ce autre
chose au fond, avec d'autres formes et en d'autres
circonstances, que la mutation incessante, la perpétuelle révolution des opinions, des systèmes et des
théories dans la science humaine? Or, Dieu a abandonné le monde et l'ordre naturel du monde aux disputes des hommes.

Saint Augustin a dit : *In necessariis unitas, in du-
biis libertas, in omnibus caritas.* C'est la devise de
l'enseignement de l'Église. Autant elle est rigoureuse,
stricte, exigeante dans les choses nécessaires, c'est-à-
dire dans toutes celles qui se rapportent au salut, autant elle est tolérante, large et vraiment libérale dans
les choses douteuses, et principalement pour les

opinions purement humaines. Dans ces choses, elle n'a ni le droit ni l'envie de dogmatiser. Elle aussi, elle abandonne aux disputes des hommes, aux débats du temps, les choses passagères de l'homme et du temps. Il y a donc une confusion dans le reproche qu'on lui adresse. On lui impute une usurpation, une espèce de tyrannie, dont elle ne fut jamais coupable.

On a dit aussi que l'Église affecte la monarchie universelle, et qu'elle veut gouverner le monde par la théocratie. Oui, Messieurs, elle aspire à la monarchie universelle; mais cette monarchie est celle des âmes et des esprits; c'est le règne de Dieu sur les cœurs, dont nous demandons tous les jours l'avénement; c'est la réunion de tous les hommes dans une même foi, dans une même espérance, dans un même amour, afin que le dernier vœu du Rédempteur soit accompli : Qu'ils soient un, ô mon Père, comme vous et moi nous sommes un ! Oui, cette grande, cette belle unité de tous les hommes est le but et l'espérance de l'Église, parce qu'elle est comme la dernière volonté de son fondateur. C'est le testament qu'il lui a laissé. Elle est justement son Église pour l'exécuter et l'accomplir dans toute sa teneur. Voilà la domination qu'elle affecte hautement, et si jamais quelques hommes ont rêvé une autre monarchie pour elle, elle n'en est pas responsable.

On dit encore que l'Église prétend imposer aux sujets, à l'égard du souverain, la même obéissance qu'elle commande aux prêtres vis-à-vis de leur évêque. Cela est inexact; l'obéissance n'est pas la même, parce que les situations sont autres et les rap-

ports différents. Mais après cela, croyez-vous donc,
Messieurs, que l'Église impose à ses ministres une
obéissance servile? Le prêtre soumis à son évêque
obéit dans une certaine mesure et à certaines conditions. Il n'y a donc là ni absolutisme, ni obéissance
passive; il y a une autorité tempérée, une obéissance
raisonnable, qui, loin de nous rabaisser, nous relève
et nous ennoblit, parce qu'elle est toute volontaire.

Et même, quand l'Eglise parle dogmatiquement,
quand elle impose à la foi les vérités éternelles,
croyez-vous qu'elle ne respecte pas encore la liberté?
Mais rien n'est plus libre que l'acte de foi! L'Église
proclame la vérité; elle nous dit : Voilà ce qu'il faut
croire pour être sauvé, et vous avez la puissance de
ne pas vous sauver, de vous perdre, si vous le voulez; car Dieu, qui nous a créés sans nous, dit saint
Augustin, sans nous ne peut pas nous sauver. Et c'est
peut-être dans l'acte de foi que se trouve l'exercice le
plus essentiel et le plus décisif de la liberté humaine.
Oui, dans cette retraite profonde du cœur humain,
au foyer même de notre être, au centre le plus intime de notre vie, la volonté peut répondre à la grâce
ou la repousser. Elle peut toujours dire oui ou non à
la parole de vérité. A ce titre, elle est souveraine
chez elle, et rien, dans le ciel et la terre, ne peut la
forcer. Témoin le malheur éternel de la créature coupable et insensée qui refuse la loi divine et déclare
la guerre à son créateur. C'est aussi à ce titre, Messieurs, que vous êtes chrétiens; vous ne pouvez l'être
malgré vous ni sans vous, et dans votre foi, qui
est un don du ciel, votre liberté a sa part; car

on ne donne pas à qui ne veut pas recevoir. Donc, quand on vient dire que l'Église tyrannise les consciences en imposant la foi, on montre en vérité par là qu'on ne sait pas ce que c'est que la foi et qu'on ne comprend rien à la liberté humaine.

L'Église catholique, dit-on, est opposée à tout ce qui est nouveau, et par conséquent au progrès. Eh bien! Je le dirai encore, dans ce reproche, il y a du vrai et du faux. Il y a du vrai; oui, l'Église n'admet pas la nouveauté dans les principes; car ces principes, elle les trouve dans la parole de Dieu, elle les puise à la source éternelle. Or, comment voulez-vous qu'il y ait du nouveau dans ce qui est éternel? La nouveauté c'est le développement, le développement c'est le temps, et le temps est exclu par l'éternité. Ainsi, nous l'avouons, l'Église n'admet pas et ne peut admettre de nouveaux principes, puisque la parole divine, qui les lui donne, est immuable et parfaite comme Dieu. Mais elle admet la nouveauté dans le développement de ces principes sur la terre, dans l'application successive de l'éternelle parole aux besoins variables du monde, car cette parole tombée du ciel est une semence immortelle qui porte virtuellement en elle l'avenir de beaucoup de générations. Tout ce qui en sortira avec le temps, par le temps, et dans le temps, y est déjà contenu en puissance. La semence en elle-même, dans sa substance, n'admettra jamais rien de nouveau; mais hors d'elle-même, par son développement, quand elle sera mise en terre et y germera, elle produira sans cesse des plants nouveaux, elle se resèmera toujours à travers les siècles dans de nouveaux terrains, et les richesses qu'elle a dans ses entrailles, les vertus qu'elle renferme, toujours les mêmes quant à l'essence, deviendront toujours nouvelles dans leur manifestation et par la forme.

Telle est la parole divine pour l'Église; elle la sème sans cesse et la resème toujours sur la terre, qui est le champ de Dieu. Elle la répand avec amour et la distribue avec zèle à toutes les générations. Aussi l'enseignement de l'Église, toujours le même dans son fonds immuable, dans son expression dogmatique, se transforme en raison du besoin des intelligences, s'accommode à toutes les faiblesses, se faisant tout à tous pour les éclairer tous, pour les sauver tous. A tous il offre la même nourriture, le pain de vie sous des formes et avec des saveurs diverses; à tous il dit les mêmes vérités d'une manière autre, suivant l'état de chacun; il dit toujours la même chose, et toujours d'une manière nouvelle, *novè sed non nova.*

Voilà aussi comment l'Église entend et aime le progrès : elle aime le progrès gradué, mesuré, solide, qui a sa source dans le passé et qui marche avec calme et sûreté vers l'avenir. Mais les mouvements brusques, saccadés, qui brisent et bouleversent, les marches aveugles et haletantes qui vont en avant sans savoir où, sans rien par derrière qui les soutienne, sans une clarté du ciel qui les dirige, elle n'en veut pas. Elle s'avance toujours, appuyée sur le passé, et trouve dans ce qui s'est fait le point de départ et l'indication de ce qui reste à faire. Voilà comme elle comprend le vrai progrès, et certainement, Messieurs, vous l'entendez tous ainsi dans votre conscience chrétienne et même dans votre bon sens d'homme. Car enfin nous ne sommes pas d'hier. Notre vie est appuyée sur ses antécédents ; nous avons nos racines dans ce qui nous a précédés, et c'est seulement à cette condition que, dans le cours du temps qui emporte tout avec lui, et au milieu des agitations du monde, nous pouvons avoir quelque solidité, quelque fixité. Marchons donc en avant quand Dieu et le monde nous y appellent, mais en suivant avec courage, intelligence et persévérance la voie frayée par nos aïeux.

C'est ainsi que le grand Pontife qui donne aujourd'hui au monde un si grand enseignement et un si bel exemple, comprend le progrès et veut le développer en le dirigeant, en le réglant par la sagesse traditionnelle, qui fait la vie de l'Église et le salut du monde.

Il n'y a donc pas à s'étonner que les hommes de désordre et d'agitation accusent l'Église d'être l'ennemie du progrès. C'est le progrès à leur manière qu'elle ne veut pas, c'est-à-dire le mouvement brutal, passionné, désordonné, convulsif, sans point de départ et sans terme raisonnable : agitation factice, qui vit d'illusion et croit avancer en tournant toujours sur elle-même. De là un grand mépris pour tout ce qui existe, l'envie de tout détruire pour tout refaire, et la prétention de substituer aux réalités éprouvées et jugées par l'expérience des siècles, des spéculations *à priori*, des utopies prétendues philosophiques, et toutes sortes de théories, fondues d'un seul jet, ou forgées de toutes pièces, et qui sortent à point nommé de ces cerveaux échauffés, comme on dit que Minerve sortit un jour tout armée de la tête de Jupiter. Non, l'Église n'acceptera jamais un tel progrès, et je rends grâces à Dieu, que de nos malheureuses expériences nous ayons au moins retiré ce fruit, d'avoir repris confiance en sa profonde sagesse, en ce point comme dans tous les autres, et d'être plus disposés à écouter sa voix.

La seconde cause du préjugé que nous combattons, c'est l'imprudence de quelques ministres ou de quelques amis de l'Église. Ici nous touchons à un point délicat, irritable. Je ne voudrais blesser personne, et d'ailleurs, je le déclare franchement, je n'ai personne à blesser. Oui, c'est une opinion répandue dans le monde, que le clergé, en général, est l'ami de tout pouvoir qui le protége, et que le plus souvent l'Église a pris le parti de la puissance contre le peuple, quand la puissance lui était favorable.

Voilà, je crois, Messieurs, l'objection dans toute sa force. Eh bien! je dis que cette imputation est fausse, si on l'adresse à l'Église tout entière et au clergé comme corps. Il est possible qu'elle tombe sur quelques individus imprudents, ambitieux ou maladroits. Ici je sens le besoin de m'expliquer nettement.

Il ne se peut pas que la puissance spirituelle en ce monde n'ait des rapports fréquents et intimes avec la puissance temporelle, et je suis au nombre de ceux qui professent hautement que la séparation absolue de l'Église et de l'État est une chimère ou une absurdité. L'Église est faite à l'image de l'homme, et l'homme n'est pas un esprit pur, une pure intelligence, un ange; l'homme est une âme et un corps, une substance spirituelle et une substance physique, unies par les liens de la vie et constituant par leur réunion, sans jamais se confondre, l'individualité d'une même personne.

Or, dans la personnalité humaine, puisqu'il y a deux substances, il y a aussi deux sortes de besoins, les besoins spirituels et les besoins physiques, et pour que l'existence de la personne soit conservée, les uns et les autres doivent être satisfaits selon leur mesure et à leur degré. Si donc l'Église est constituée à l'image de l'homme, comme toute personne humaine elle doit avoir un développement matériel, une existence physique; et ainsi, pour l'entretien et la conservation de cette existence, elle a besoin du pouvoir temporel ou de l'État, comme celui-ci, de son côté, a besoin de l'Église pour son existence morale et dans sa vie spirituelle.

Il y a donc là des besoins réciproques, des nécessités de nature, et vous ne pouvez nier ou frustrer les uns ni les autres sans mutiler l'organisme social, sans en compromettre la vie. Je sais que de ce commerce intime, de cette incessante communication, il peut sortir des abus. Mais les abus, Messieurs, sont inévitables avec les hommes et dans les choses humaines; et aux yeux de la raison, l'abus ne doit jamais empêcher l'usage. Si donc vous voulez une Église constituée en ce monde, avec un établissement terrestre, et toutes les conditions de l'existence d'ici-bas, il faut nécessairement qu'elle soit unie d'une certaine manière avec la puissance de ce monde, avec l'État.

Mais voici ce qui peut arriver.

Ou l'Église et l'État marchent dans la même voie, c'est-à-dire que l'Etat est chrétien, se fait gloire de l'être; et dans ce cas, l'Eglise et l'Etat ayant la même foi, défendant la même cause, s'accordent naturellement et se soutiennent l'un l'autre. Pourquoi se sépareraient-ils, quand ils ont les mêmes intérêts et le même but, quand ils trouvent une force et une vie communes dans leur union ?

Ou bien l'État, qu'il soit croyant ou indifférent, se met en opposition avec l'Église et veut empiéter sur ses droits. Alors une lutte s'engage; car l'Église doit conserver sa puissance et maintenir sa dignité. Mais tout en combattant le pouvoir temporel dans ce qu'il usurpe (et la puissance spirituelle combat toujours avec des armes spirituelles, avec le glaive de la parole), l'Église le respecte et lui obéit dans tout ce qui est temporel. Elle rend toujours hommage aux gouvernements légitimement ou régulièrement établis, parce qu'ils sont ordonnés par Dieu même pour conserver l'ordre et maintenir la justice sur la terre. Elle respecte leurs droits, même quand ils violent les siens; elle emploie toutes ses ressources, elle fait tous ses efforts pour arrêter l'empiétement ou amortir la violence, et quand elle ne réussit pas, elle proteste contre la force et fait ses réserves devant Dieu et devant les hommes.

Mais n'est-il jamais arrivé que des ministres ou des amis de l'Église aient favorisé le pouvoir civil dans

cette mauvaise voie? Oui, sans doute, cela s'est vu
et peut se voir encore. Les hommes sont des hommes,
et tous sont faillibles. Il y a eu dans tous les temps et il
y aura jusqu'à la fin des faiblesses et des scandales.
Mais que l'Église agisse de la sorte, je dis que cela est
impossible, que cela ne s'est jamais vu et ne se verra
jamais, car elle ne peut manquer à sa mission divine.
L'histoire en rend le témoignage. L'Église, en maintenant intacte l'autorité spirituelle en ce monde, a
par cela même maintenu la dignité humaine; elle a
toujours garanti le droit contre la force, et en a appelé à l'équité et à la charité contre toutes les violences des passions. Elle ne s'est pas bornée à se défendre elle-même; elle a constamment protégé les
opprimés, et un des reproches les plus vifs qu'on lui
ait adressés, c'est même de s'être trop mêlée du gouvernement des choses humaines dans ces temps d'obscurité et d'ignorance où la barbarie, débordant sur les
pays civilisés, livrait les princes et les sujets aux instincts d'un brutal despotisme et aux emportements
d'une puissance sauvage. Voilà ce qu'elle a fait pour le
bien des peuples, quand les peuples étaient incapables
de se protéger et de se conduire eux-mêmes. On lui en
a fait un crime plus tard, quand son assistance a paru
inutile ou dangereuse. Loin de lui tenir compte du
bienfait, on l'a payée d'outrages et de calomnies.
L'Église n'était intervenue dans les affaires du monde
que pour le mettre à l'ordre et lui apprendre à vivre.
Quand il a été capable de les diriger et de se conduire lui-même, elle s'en est retirée pour se donner
tout entière à ses fonctions spirituelles. C'est ce

qu'elle fait aujourd'hui. Moins que jamais elle se mêle des intérêts du siècle, elle est tout absorbée par le gouvernement des âmes. Elle sait très-bien qu'en possédant les cœurs elle possédera le reste. Voilà son empire à elle; voilà le sceptre qu'elle porte, le sceptre des âmes, et c'est avec ce sceptre qu'elle prétend dominer le monde.

L'accusation que nous repoussons est donc fausse, si elle tombe sur l'Église en général; elle peut être vraie dans quelque cas particulier. Nous avouons cependant que l'Église a fait cause commune avec l'État toutes les fois qu'elle a eu les mêmes ennemis à combattre. L'autel et le trône ont dû se soutenir mutuellement quand ils ont été sapés, ébranlés par les mêmes efforts; et c'est justement parce que l'Église a toujours défendu l'ordre et les pouvoirs légitimes contre la violence et l'insurrection, qu'elle a attiré sur elle la fureur des partis et leurs calomnies.

Du reste l'Église, qui a déjà vécu dix-huit siècles, sait très-bien à quoi s'en tenir sur la protection de César. Elle a vu passer bien des Césars depuis qu'elle régénère les enfants des hommes, les instruit et les conduit dans la voie du salut. Elle ne dédaigne pas leur secours, mais elle le reçoit toujours avec une certaine crainte, et en regardant soigneusement au prix qu'ils y mettent. En général, les applaudissements et la faveur du monde ne lui sont pas utiles. Si vous étiez du monde, a dit le Sauveur, le monde vous aimerait. Mais vous n'êtes pas du monde, et c'est pourquoi il vous hait. L'homme de Dieu a donc sujet de s'inquiéter quand le monde l'exalte, et l'Église de

Jésus-Christ, qui a été fondée sur une croix sanglante, et qui a grandi dans le sang des martyrs, a toujours plus gagné à la persécution qu'à la protection du siècle.

Je passe maintenant à la troisième cause, les clameurs intéressées des ennemis de l'Église.

Quels sont les ennemis de l'Église? J'en vois trois, et je les nommerai franchement par leur nom.

Le premier, celui qui a le plus crié contre elle, qui crie encore tous les jours, et qui criera jusqu'à la fin des siècles, c'est l'hérésie.

L'hérésie dit que l'Église catholique est ennemie de la liberté, parce que l'Église l'empêche de dogmatiser. Eh bien! j'affirme que l'hérésie dit ici un nonsens, qu'elle confond à dessein deux libertés qui ne se ressemblent pas, savoir : la liberté dans les choses surnaturelles, qui sont l'objet de la foi, et la liberté dans les choses purement naturelles, ce qui est une affaire de nature. Ainsi, de ce que l'Église refuse et condamne à bon droit la liberté de juger dans les choses de foi qui sont au-dessus de la raison, il ne s'ensuit pas le moins du monde qu'elle rejette la liberté de penser et d'agir dans les choses du siècle, où la raison est compétente. Cette liberté de dogmatiser que l'hérésie réclame et qui la constitue hérésie, l'Église ne l'a jamais accordée et ne pourrait l'accorder sans se renier elle-même; car elle a les paroles de la vie éternelle, elle enseigne la parole de Dieu, et l'esprit qui a dicté cette parole peut seul l'expliquer et l'interpréter.

L'hérésie fait donc un sophisme en accusant l'Église d'être ennemie de la liberté naturelle et politi-

que, puisqu'il ne s'agit véritablement entre l'Église
et elle que de la liberté dans l'ordre religieux et dogmatique. Pour vous, catholiques fidèles et intelligents, vous vous garderez bien de réclamer cette fa-
tale liberté de tout examiner, de tout juger. Vous
savez très-bien que les dogmes ne se discutent pas,
car on ne discute pas ce qui surpasse la raison. A
quoi ont servi à l'hérésie elle-même toutes ces discussions? Quel profit a-t-elle retiré sous le rapport religieux de l'esprit propre et du jugement particulier?
Elle a brisé l'unité, dont la foi est le lien le plus solide, et ensuite, n'ayant plus à quoi se rattacher, ni
de centre qui la vivifie et la soutienne, elle s'est brisée elle-même en mille opinions contradictoires, en
mille sectes diverses, comme il arrive à toute branche
séparée de son tronc, qui se dessèche bientôt, parce
qu'elle manque de sève, dépérit et tombe en poussière. Voilà où mène cette prétendue liberté, à la séparation, à la dissolution et à la mort.

Le deuxième ennemi de l'Église est la philosophie.
Ici, Messieurs, comprenez-moi bien, et ne donnez à
mes paroles que le sens que j'y mets moi-même. J'en-
tends ici la philosophie dans le sens du dix-huitième
siècle. Je ne veux point parler de la philosophie
chrétienne, de la philosophie véritable, que j'estime
et aime profondément, à laquelle presque toute ma
vie a été consacrée, et que je cultive encore avec
amour. Cette philosophie n'est point opposée à l'É-
glise, elle lui est au contraire amie et très-soumise.
L'ennemie de l'Église est celle qui, se déclarant pleinement indépendante, ne reconnaît au-dessus d'elle

aucune autorité, et ainsi veut tout juger, tout expliquer dans l'ordre surnaturel comme dans l'ordre naturel; ou plutôt, en s'élevant au-dessus de tout et se déclarant le juge universel, sinon l'auteur même de la vérité, elle nie le surnaturel et n'admet d'autres dogmes que ses opinions et les vérités qu'elle peut expliquer. Par là, explicitement ou implicitement, directement ou indirectement, ouvertement ou secrètement, elle se fait le contradicteur continuel de l'Église.

Eh bien! explicitement, directement, ouvertement, tant mieux! cela est plus clair, plus sincère, on sait mieux à qui l'on a affaire, et l'on peut combattre au grand jour. Mais elle ne prend pas toujours cette allure indépendante et franche; elle revêt parfois la toison de la brebis pour s'insinuer au milieu du bercail, et ne pas effrayer le pasteur. Elle affecte d'aimer l'Église, au moins de la respecter, sinon de la protéger; elle en prend même quelquefois le langage et les formes, se réservant de donner aux mots la signification qu'il lui plaît et d'imposer au symbolisme des formes l'idée qui lui convient. Mais sous cette apparence révérencieuse, il n'y a point de respect véritable. La philosophie qui salue ainsi l'Église, parce que l'Église lui paraît encore une puissance avec laquelle il faut compter, au fond la déteste, parce qu'elle la craint, la méprise, parce qu'elle ne croit point à son autorité, et dans ses spéculations comme dans sa pratique, elle en combat sourdement l'enseignement et les doctrines. Le fond de sa pensée est que la raison humaine est au-dessus de tous les dogmes, comme la volonté de l'homme est au-dessus de toute autorité; que les dogmes chrétiens ne sont point encore le dernier mot de la vérité; qu'au-dessus de ces formules inférieures, de ces expressions purement humaines, œuvres du sacerdoce et de la théologie, il y a la vérité pure, l'idée dans toute sa splendeur métaphysique, qui est l'objet de la philosophie et le dieu du philosophe. Au philosophe seul la contemplation, la vision de la vérité pure, de l'idée; à lui seul par conséquent la vraie science, qui est aussi le vrai culte et la religion unique; au vulgaire des hommes, à tous ceux qui n'ont pas la force d'arriver à l'intuition philosophique, aux âmes faibles, aux hommes d'imagination, aux cœurs sensibles, aux femmes et aux enfants, la religion chrétienne avec son attirail de formules dogmatiques et de préceptes moraux qui expriment encore la vérité partiellement, obscurément, comme en énigme, mais d'une manière admirablement proportionnée à leur infirmité, pour ne pas dire à leur imbécillité.

Vous comprenez, Messieurs, pourquoi une telle philosophie accuse l'Église d'être ennemie de la liberté : c'est que l'Église place au-dessus de sa tête un joug qui l'importune, l'autorité du dogme. En un mot, l'Église la gêne, elle voudrait s'en débarrasser, et comme elle ne peut la tuer, elle prend le parti de la calomnier, voulant au moins la perdre dans l'opinion des peuples, détruire son influence et lui ravir l'estime et l'affection des hommes.

Reste un troisième ennemi de l'Église, qui va criant partout qu'elle est l'ennemie de la liberté; c'est, Messieurs, l'esprit de désordre, soit dans les choses publiques, soit dans la vie privée. Dans les choses publiques, il s'appelle l'esprit révolutionnaire; dans la vie privée, c'est l'esprit mondain.

J'appelle esprit révolutionnaire celui qui cherche, provoque, excite les révolutions dans l'intérêt des passions humaines et pour leur compte; c'est l'orgueil, l'ambition, l'avarice et la sensualité, qui veulent se satisfaire dans l'exploitation de la chose publique. Ils demandent leur place et leur part dans la fortune commune, qu'ils finissent toujours, s'ils réussissent, par confisquer à leur profit. Il leur faut la place la plus haute et la part du lion; et, pour trouver l'une et l'autre, ils remuent, agitent, bouleversent l'ordre établi, afin d'y faire du vide et de se substituer dans le vide. A l'esprit révolutionnaire, tous les prétextes sont utiles, tous les moyens sont bons.

Cet esprit est l'ennemi de l'Église, parce qu'elle le condamne et le combat. L'Église, essentiellement conservatrice, dépositaire de la tradition, et n'avançant jamais qu'appuyée sur le passé, n'aime point l'agitation sans règle, ni le mouvement sans but. Fille du ciel, animée de l'esprit de douceur et de charité, elle a en horreur la turbulence capricieuse des passions, l'emportement aveugle de la force. Quand elle marche, elle veut marcher tranquillement, sûrement, et vers une vérité; elle ne repousse pas le progrès, mais elle le veut solidement appuyé et bien dirigé. Elle ne peut donc pactiser avec l'esprit révolutionnaire, qui ne veut rien de tout cela, qui ne veut qu'une chose, le succès du moment, et le profit qui en sortira. Voilà pourquoi l'Église le gêne ; elle le gênera toujours ; toujours il la trouvera sur son chemin pour l'arrêter et l'entraver dans ses tendances désordonnées, dans ses funestes agitations. Vous étonnerez-vous, après cela, que l'esprit révolutionnaire calomnie l'Église ?

Reste l'esprit mondain, qui crie aussi contre l'Église, lui reprochant d'être contraire à tout ce qui est libéral. C'est la foule de ces hommes du monde, imprudents et légers, qui, ne cherchant que l'intérêt ou le plaisir, prennent la vie comme un amusement, ne songent qu'à s'y divertir, à en jouir, n'estiment et n'aiment que ce qui sert leurs désirs, et craignent et déprécient tout ce qui leur est contraire. Or, ceux-là aussi, l'Église les gêne ; elle les gêne par son existence même, qui leur rappelle sans cesse le sérieux de la vie, de la mort et de l'éternité. Elle les gêne par ses dogmes, qui confondent leur raison ; elle les gêne par ses miracles, qui leur rappellent l'intervention surnaturelle de Dieu dans les affaires humaines ; elle les gêne par sa morale, par sa discipline, qui condamnent leur vie légère ou pervertie ; elle les gêne par sa parole, qui les trouble quelquefois et remue leur conscience ; elle les gêne, enfin, par l'arrêt qu'elle met au dévergondage de leur esprit, à la licence de leur cœur, aux désordres de leurs mœurs. En vérité, il n'est pas étonnant qu'ils n'aiment pas l'Église et la déprécient.

Voilà bien des ennemis, Messieurs : l'hérésie, la philosophie, l'esprit révolutionnaire et l'esprit du monde. Que d'hommes grands et petits, savants et ignorants, princes et peuples, sont ligués contre l'Église par un intérêt commun et conspirent à la calomnier ! Il n'est donc point surprenant que tant de clameurs se fassent entendre, qu'elles retentissent si loin et que le préjugé contre l'Église, savoir : qu'elle est hostile à la liberté, soit si répandu dans le monde.

Comment le combattrons-nous ? Par deux moyens, la discussion et les faits. La discussion, la libre discussion, nous la réclamons avec toutes les ressources de la parole et de la presse. L'Église en a besoin aujourd'hui comme au temps de son origine et dans les premiers siècles du christianisme. Aujourd'hui, comme alors, elle a à se défendre contre les accusations du siècle, il lui faut des apologistes. Aujourd'hui, comme alors, elle doit attaquer mille erreurs, qui la pressent de tous côtés et veulent la renverser pour se mettre à sa place ; elle a besoin de la liberté du combat. La lice est maintenant dans la publicité ; la lutte se place au grand jour et devant tout le peuple. Il faut que l'Église ait ses mouvements libres, pour se défendre comme pour attaquer ; il faut que les armes soient égales entre elle et ses ennemis. Elle doit donc accepter, réclamer la liberté de la presse avec ou plutôt malgré tous ses inconvénients. Ils sont immenses, nous le savons, mais il y a aussi d'immenses avantages. C'est l'arme du siècle, et, comme toute arme, elle n'est en elle-même ni bonne ni mauvaise ; elle devient l'une ou l'autre par l'usage qu'on en fait. Elle sera bonne entre les mains de l'Église.

Dans la discussion que nous allons instituer, je veux

vous montrer que l'Église catholique, loin d'être l'ennemie née de la liberté, comme on le prétend, en est, au contraire, le principe et la garantie la plus sûre. Pour cela, il faudra bien que nous commencions par vous dire ce qu'est en elle-même la liberté politique. Car comment saisir le rapport entre deux termes, si l'un et l'autre ne sont pas connus d'avance? L'idée de la liberté politique, comme le christianisme l'entend, sera donc le sujet de notre première Conférence. Ensuite nous montrerons que l'Église, par son institution même, est comme l'incarnation de la liberté; que son esprit est identique à l'esprit de la liberté, que son dogme en est le principe, que sa morale en est la garantie, et que sa constitution et sa discipline en sont les formes les plus exactes et l'expression la plus pure. Voilà ce que nous désirons exposer dans la suite de ces Conférences.

Mais il y a une autre démonstration plus puissante, une preuve plus énergique, ce sont les faits. Je vous dirai donc : Regardez le monde moderne, comptez les libertés qui y ont paru, et voyez d'où elles viennent. La liberté morale, la source de toutes les autres, obscurcie par la fatalité des religions antiques, et peu éclaircie par les théories des philosophes, elle est proclamée à la face du monde par la doctrine chrétienne, d'une manière si claire et si ferme que le sens commun des hommes ne doute plus de lui-même, et la conscience, éclairée par cette autre lumière, est rassurée contre tous les sophismes de la raison. La liberté morale, qui est l'âme du christianisme, devient le pivot du monde moderne. La liberté domestique, la liberté de la femme, devenue l'égale de l'homme, d'esclave qu'elle était chez les païens, où elle pouvait être vendue comme une chose, qui l'a établie? L'Évangile. La liberté de l'enfant, sur lequel le père avait droit de vie et de mort, qu'il pouvait abandonner ou tuer comme un vil troupeau, qu'il traitait comme sa propriété, aujourd'hui déclaré par l'Évangile propriété de Dieu seul, et le père n'en est plus que le dépositaire responsable! La liberté de l'homme vis-à-vis de l'homme, qui l'a établie? L'Évangile. L'Évangile a sapé l'esclavage dans ses bases, tout en le respectant comme fait, comme droit acquis et éventuel. Car le propre de l'influence chrétienne, de l'action de l'Église, est d'avancer toujours, mais doucement, lentement, par les voies spirituelles, par les moyens moraux, par toutes les ressources de la conviction et de la persuasion. Cette marche lente, qui a besoin de temps, qui ne compte pas avec les siècles, est en effet la plus prompte, car elle ne s'arrête qu'au but et ne recule jamais. Je vous dirai : Contemplez le moyen âge avec son exubérance de vie, son efflorescence de liberté, son effervescence de républiques; qui a provoqué, soutenu tout ce mouvement? qui a excité, protégé toutes ces sociétés libres? L'Église. Qui les a combattues, détruites? César.

Regardez, à des temps plus proches de nous, cette Suisse catholique qui s'est affranchie si courageusement et a donné au monde l'exemple de la liberté la plus démocratique, unie à la foi la plus vive et la plus soumise. Cette Suisse primitive, ces cantons libérateurs aussi fiers de leur indépendance politique que glorieux de leur obéissance à l'Église, est-ce que l'Église les a gênés dans leur amour, dans leur enthousiasme pour la liberté? Est-ce que la foi catholique a rétréci leur cœur ou paralysé leur courage? Oh! Messieurs, quand je considère ce qui s'est fait autrefois dans ce noble pays, sous l'influence dominante de l'Église, et ce qui s'y passe aujourd'hui, sous le règne de l'hérésie, je ne puis retenir l'indignation qui me saisit. Où en est la liberté dans ce malheureux pays? Que sont devenus la liberté de conscience, la sûreté des personnes, le droit de propriété, la souveraineté cantonnale, tous les droits acquis par le sang, par le temps et par les traités? Tout est violé, méprisé, foulé aux pieds; et ce qu'il y a de plus déplorable, la liberté est détruite au nom de la liberté même. Une voix éloquente et chrétienne a dénoncé dernièrement ces abominations au monde civilisé devant l'élite de la France, et ses accents courageux et pleins de douleur, qui ont ému d'indignation et mis hors d'elle tout une grande assemblée, auront de l'écho par toute la terre. Il faut qu'on sache bien ce que c'est que le faux libéralisme et de quoi il est capable; il faut qu'il soit bien constaté que la liberté qui en appelle à la violence et qui veut triompher par la force, n'est plus la vraie liberté, mais la licence hypocrite, c'est-à-dire la passion masquée. Oui, c'est la haine de l'ordre, du droit, de la civilisation, c'est surtout la haine de la religion chrétienne qui s'est satisfaite en cette conjoncture. Rien n'a été respecté de ce qu'il y a de plus respectable dans le

monde, pas même le vaincu après la défaite. Le mépris et la dérision ont achevé l'œuvre de la barbarie.
Et tout cela s'est accompli dans le pays de la réforme
religieuse, au foyer du protestantisme. Ah! s'il y a
une chose qui me console au milieu d'un si grand
désastre, et j'en remercie Dieu de tout mon cœur,
c'est que dans une telle indignité, l'Église catholique
soit la victime.

Jetez les yeux sur un pays voisin, qui nous a toujours été sympathique, l'Irlande, ou plutôt ne regardez qu'un seul homme, qui a été l'Irlande à lui tout
seul, O'Connell. Est-ce un homme de foi? est-ce un
vrai catholique? n'est-ce pas aussi l'amant le plus
ardent de la liberté? Il a donné un grand exemple
au monde, une grande leçon aux peuples; il leur a
enseigné ce qu'est la vraie liberté, la liberté chrétienne, et comment on peut l'obtenir légitimement,
la conquérir pacifiquement. Malheur, cent fois malheur, si la violence vient troubler son œuvre. La
noble cause de l'Irlande sera perdue dès que la révolte s'y joindra. Elle triomphera si elle est fidèle à
l'esprit du grand homme qui a compris la liberté
comme l'Église l'entend, et qui a puisé dans sa foi
l'inspiration et la lumière de son patriotisme.

Enfin, montons plus haut, au Capitole, au sommet de la ville éternelle, qui est elle-même le sommet de toutes les grandeurs humaines, qu'y voyons-
nous en ce moment? Un Souverain Pontife, qui n'est
pas seulement le maître de l'Église maîtresse, le
prince des évêques et des pasteurs, mais encore le
précepteur des rois et des peuples. D'une main il ré-

pand des bénédictions sur le monde, et de l'autre il accorde des libertés à son peuple : *urbi et orbi!* Quelle réponse aux déclamations contre l'absolutisme de l'Église! Elle n'a donc pas peur de la liberté, cette Église catholique, tant de fois accusée de despotisme et représentée comme la forteresse de toutes les tyrannies! Elle sait donc aussi affranchir les peuples! mais elle le fait à sa manière, c'est-à-dire selon l'esprit de Dieu qui l'assiste, avec mesure, avec douceur, avec sagesse, pour ne pas compromettre une sainte cause, et dans l'intérêt même de ceux qui reçoivent le bienfait.

Messieurs, un sophiste niait le mouvement devant Diogène, et Diogène, pour toute réponse, marcha devant le négateur du mouvement. Pie IX en a fait autant, il a répondu de la même manière aux sophistes de notre époque qui accusent l'Église d'être ennemie de la liberté, et qui disent qu'il n'y a point de mouvement à Rome. Il a donné la liberté à son peuple; il a dit à Rome : Marche! et Rome a marché, et le monde marchera avec elle.

Salut, grand pontife, grand homme! recevez ici, avec l'hommage de notre soumission, le tribut de notre reconnaissance et de notre amour! Vous avez donné au monde un grand spectacle, et vous allez lui accorder un grand bienfait. Cette liberté du siècle, sauvage comme tout ce qui est naturel, vous l'avez baptisée, baptisée de vos propres mains au Vatican, sur les reliques des saints apôtres, fondements de l'Église. Vous en avez fait une fille du ciel, en la régénérant; c'est une nouvelle créature. Dans vos mains vénérables, la grâce l'a pénétrée, la greffe d'en haut y a été insérée, et tout ce qu'elle a de sauvage sera neutralisé par le don de Dieu. Il n'y aura plus en elle que l'efflorescence des vertus divines. Oh! qu'elle continue à croître, à se fortifier, à s'élever sous votre main paternelle; qu'elle s'embellisse tous les jours, et surtout qu'elle s'affermisse dans le terrain si remué du monde, afin qu'elle devienne comme un grand arbre, vivifié par une sève divine, rafraîchi par la rosée céleste, qui étende ses larges rameaux, ses fleurs magnifiques, ses fruits bienfaisants sur la terre tout entière, et où s'arrêtent les oiseaux du ciel!

O sainte liberté, fille du ciel, mise au monde et nourrie par l'Église catholique, reçois aussi notre hommage! O mon Dieu, que je vous remercie d'avoir préparé, d'avoir amené cet avénement providentiel pour dilater nos cœurs, élargir nos poitrines, ranimer nos courages, afin que nous puissions dire à la fois à nos frères les grandes vérités du ciel et les grandes vérités de la terre, afin que nous puissions leur parler avec un cœur joyeux et une intelligence sereine de ce qu'il y a de plus admirable, de plus grand, de plus bienfaisant dans le monde, afin que les ministres de votre Église, les hérauts de votre parole, relèvent leur tête humiliée par la calomnie du siècle, et annoncent à leur tour et proclament avec autorité à tous les hommes de bonne volonté la vraie liberté, la liberté chrétienne, la liberté des enfants de Dieu dans le temps et pour l'éternité!

DEUXIÈME CONFÉRENCE.

IDÉE DE LA LIBERTÉ POLITIQUE.

————•◦•————

MONSEIGNEUR,
MESSIEURS,

Dans ces conférences, nous nous proposons une seule chose, combattre et, s'il se peut, détruire un préjugé trop généralement répandu, savoir : que la religion catholique est ennemie de la liberté. Nous avons signalé les causes principales de ce préjugé : le caractère de l'Église méconnu, l'imprudence de quelques-uns de ses ministres ou de ses amis, les clameurs intéressées de ses ennemis. Nous venons maintenant l'attaquer par la discussion.

D'abord, il est évident que pour résoudre la question, ou du moins pour en préparer la solution, il faut commencer par bien comprendre les termes qui la constituent. Or, ici quel est le premier terme qui se présente? c'est la liberté ; car nous avons à chercher le rapport de la liberté politique à la religion catholique, à l'Église ; le rapport de l'institution de l'Eglise à l'institution de la liberté ; de l'esprit de la liberté à l'esprit de l'Eglise catholique. Nous avons à montrer que le dogme chrétien est le principe de la liberté, que la morale chrétienne en est la plus sûre garantie, que la constitution et la discipline de l'Église en sont la réalisation. Donc l'éclaircissement, sinon la solution de toutes ces questions, n'est possible que si nous avons d'abord une idée vraie, claire et bien comprise de la liberté. Sinon, Messieurs, nous marcherons à tâtons, comme des aveugles, et nous ne trouverons pas d'issue.

Sans doute, Messieurs, on pourrait faire des discours éloquents sur cette matière, vous débiter des phrases pompeuses, exciter vos imaginations et vous donner même des émotions plus ou moins vives. Mais tout cela n'avancerait point la question, et surtout ne la résoudrait pas. Il faut, pour la résoudre, aller au fond du sujet et descendre jusqu'à l'idée de la chose. Si nous avons le bonheur de l'atteindre et de la saisir, cette idée vraie, nous pourrons éclairer vos intelligences, et alors, nous l'espérons, Dieu nous donnera quelque bonne inspiration pour toucher vos cœurs.

Dès lors une nécessité nous incombe ; il faut bien que nous l'acceptions et que vous l'acceptiez avec nous, la nécessité de l'explication de l'idée de la liberté, d'une explication philosophique qui nous fournisse le point de départ et place la discussion sur un fondement solide.

Ainsi, Messieurs, n'attendez pas aujourd'hui du ministre de la parole chrétienne des mouvements oratoires qui touchent, un langage gracieux et fleuri, qui parle à l'imagination et charme l'esprit; n'attendez pas même des sentiments pieux qui vous consolent et vous édifient. Non, n'attendez qu'une chose, une exposition métaphysique, vraie, nette, solide, mais peut-être un peu aride, qui fasse naître et développe en vous une idée semblable à celle qui vit dans mon entendement. Je réclame aujourd'hui de vous, Messieurs, cette attention intelligente dont vous êtes si capables ; je ne puis avoir en ce moment qu'un seul mérite à vos yeux, et je tâcherai de l'obtenir, celui de la clarté.

Cependant, ne craignez pas que je vous entraîne dans les subtiles abstractions des théories philosophiques. Non, je vous poserai sur un terrain que vous connaissez, je partirai d'un point de départ qui vous est clair, parce que vous le portez en vous-même, dans votre conscience.

La liberté politique n'est qu'une application, une transformation de la liberté morale, principe de toutes les libertés humaines. Or, la liberté morale vous est connue, sinon par la spéculation, du moins par l'expérience, et c'est la meilleure manière de connaître. Vous l'exercez tous les jours de votre vie, à tout instant, et là où elle paraît le plus évidemment, là où sa puissance éclate surtout, c'est dans la lutte de la passion avec le devoir, et quand l'intérêt propre se débat contre la justice et résiste à la loi. Nous n'avons que trop souvent l'occasion, dans notre existence actuelle, de subir cette triste épreuve, et alors il n'y a personne de nous, personne portant encore un cœur d'homme dans sa poitrine, qui ne sente d'une expérience intime et irréfragable, qu'il peut choisir entre le bien et le mal, qu'il a le pouvoir d'adopter l'un ou l'autre, d'écouter sa passion et de la satisfaire malgré la loi, ou au contraire de se refuser à l'entraînement du désir et d'accomplir le devoir. Il n'y a personne qui ne sente qu'au fond de soi, dans les entrailles de son être, au sanctuaire de son âme, il y a quelque chose qui est lui, qui n'appartient qu'à lui; c'est-à-dire une force propre, une énergie productrice, un mouvement spontané, par lequel il se détermine, se résout et agit.

Or, Messieurs, voilà ce qu'on appelle la liberté morale. Dans son essence et dans son idée, elle est *le pouvoir d'agir par soi-même*. Je dis *par soi-même*, et non *de soi-même*, *per se* et non *ex se*. Dieu seul agit *de lui-même*, *ex se*, parce qu'il est la source de l'Être et le Principe de la vie; parce que n'ayant reçu son existence et sa force de personne, il est pleinement et souverainement indépendant. Mais l'homme est une créature, et par cela même il a reçu d'un autre tout ce qu'il est et tout ce qu'il a; et cependant, quoique dépendant dans son fond et par sa nature, en tant que créature spirituelle, douée de volonté et d'intelligence et faite à l'image de son auteur, il a la puissance et la faculté d'agir par lui-même, *per se*, *motu proprio*, d'un mouvement propre, original, et qui ne ressort que de lui.

Je dis que c'est là ce qui constitue sa liberté; et

cette puissance, qui lui est propre, doit être exempte dans ses actes de toute violence extérieure : liberté de coaction. Elle doit être exempte aussi, dans sa détermination, de toute nécessité interne, provenant de notre nature, et que nous ne pouvons refuser sans compromettre notre existence : liberté d'indifférence.

Or, si la liberté consiste à agir par soi-même, sans coaction externe, sans coaction interne ; sans une violence du dehors, qui part d'un autre que nous, sans une nécessité naturelle, imposée par le fait même de notre création et par la volonté créatrice ; il suit qu'elle a sa racine en nous-mêmes, dans ce qui fait notre *moi,* notre personne, qu'elle est dans son mouvement spontané se déterminant lui-même, notre propre activité. Donc l'être, qui peut agir ainsi, originalement, *motu proprio,* par lui, sans être entraîné par le dedans ni par le dehors, a en lui la raison de son acte ; ou autrement la raison de son acte est dans sa raison même. Donc la liberté ne peut exister que dans un être raisonnable, c'est-à-dire qui porte dans sa propre raison le principe de ses actes. Car, si l'acte libre est indépendant de la coaction externe et de la nécessité interne, il ne peut plus prendre son origine et sa vie que dans la force même de celui qui l'exerce, force propre, originale et toute personnelle. La liberté est donc essentielle à l'être spirituel, intelligent, raisonnable. Elle le caractérise et le distingue parfaitement de l'être matériel, sans intelligence, sans raison, et par conséquent *inerte* ou sans mouvement propre ; en d'autres termes, la *liberté de l'esprit* est opposée à l'*inertie de la matière*. La matière n'a point en elle-même le principe de son activité, la raison de ses mouvements. Elle reçoit du dehors, ou de la nécessité de sa nature, tout ce qu'elle est et tout ce qu'elle fait, tandis que l'être spirituel, tout en recevant d'un autre ce qui le constitue, a cependant la puissance d'agir par lui-même et avec la conscience de ce qu'il veut faire.

Suivons l'enchaînement des idées. Si l'être raisonnable est le seul qui soit libre, ou plutôt si l'être libre est essentiellement raisonnable, il suit que le propre de l'être libre est d'agir rationnellement en tant qu'il agit librement, ou autrement, qu'il n'y a d'acte libre que les actes rationnels; en d'autres termes, l'être qui agit librement a pour motif de son activité la fin de l'acte même et les moyens les plus propres à l'atteindre. Or, la vue de la fin de l'acte et des moyens les plus convenables fait la règle de l'action, et la règle de l'action de l'être raisonnable est la loi; donc il n'y a pas d'exercice de liberté sans la loi, donc la loi est la première condition de tout acte libre; là où il n'y a point de loi, il n'y a point de liberté.

Poursuivons. Si la loi est la condition fondamentale de la liberté, il suit que l'acte de liberté ne peut avoir lieu si la loi n'est pas connue; or, la loi est connue par l'intelligence qui voit la fin de l'action et discerne les moyens les plus propres à l'atteindre; donc, il faut pour qu'il y ait exercice de liberté un certain développement, une certaine capacité de raison. Là où cette capacité manque, la liberté ne peut passer en acte; car la loi n'est pas connue. Dès lors la règle

manque à l'action et la condition principale de la liberté lui est soustraite.

Mais ce n'est pas tout. Outre cette capacité de raison nécessaire pour reconnaître la loi, pour juger que
l'action est conforme à la loi, pour appliquer la loi
aux actes divers, il faut encore une puissance, une
force qui réalise le jugement de la raison, exécute ce
qu'elle a trouvé convenable. Car nous savons tous,
par notre propre expérience, qu'il ne suffit pas de
connaître ce qui est bien pour le faire. Souvent nous
savons ce qui est juste, ce que le devoir réclame, et
nous ne l'accomplissons pas ; et dans chacun de nous
se réalise tous les jours cette parole de saint Paul : Je
fais le mal que je hais, et je ne fais pas le bien que
j'aime. Trop souvent nous sommes divisés en nous-
mêmes, et notre volonté lutte avec notre intelligence, avec notre conscience. Ah ! de la bonne volonté, qui n'en a pas, au moins dans certains moments ? Car nous sommes faits pour le bien ; notre
vraie nature nous y porte, notre conscience nous y
invite : mais il y a en nous autre chose qui s'y oppose, la concupiscence, foyer de tous les désirs dé-
réglés, de toutes les passions désordonnées : l'égoïsme,
fruit du péché, qui est le principe de tous les mauvais instincts, de tous les penchants vicieux. Il faut
donc une certaine force de volonté pour dominer et
vaincre les tentations du mal, pour résister à l'entraînement des sens et de la passion, pour triompher
de la concupiscence, afin d'exécuter le bien reconnu
et d'accomplir la loi.

La liberté morale a donc ses conditions. L'homme

la possède en puissance dès qu'il entre dans la vie ; car elle est un élément essentiel de sa nature, et sans elle il ne serait point un homme. Mais elle ne passe pas tout d'un coup en acte, il faut que les conditions de son exercice lui soient fournies ; et ces conditions, vous le voyez, sont d'un côté la capacité de la raison et de l'autre l'énergie de la volonté. Voilà pourquoi, avant l'âge de raison, les enfants sont déclarés par l'Église incapables de pécher. Ils n'ont pas encore assez d'intelligence pour comprendre la loi, ils n'ont pas encore assez de volonté pour se dominer eux-mêmes, résister à l'entraînement des sens et repousser les assauts du mal. C'est une innocence d'ignorance et de faiblesse, ils sont encore moralement incapables du mal comme du bien.

Maintenant, Messieurs, appliquons ces considérations à la liberté politique, et sous d'autres formes nous trouverons exactement la même chose. Je vous parlerai, Messieurs, avec simplicité, avec sincérité. Libre au milieu des partis, je n'ai point d'arrière-pensée ; chrétien, catholique, ministre de l'Église, aimant passionnément la liberté, comme l'Église l'entend, je voudrais vous la faire comprendre comme je la comprends, vous la faire aimer comme je l'aime. Je viens ici avec l'autorisation de mon évêque pour vous communiquer mes convictions, vous faire partager mes sentiments, parce que je les crois vrais et conformes à l'Évangile. Je vous dirai donc naïvement, dans la question grave qui nous occupe, ce que je crois, ce que je vois, ce que je sens, et j'espère vous le faire croire, voir et sentir avec moi.

La liberté politique n'est pas autre chose que la liberté morale des peuples, la liberté de l'homme-peuple : car les peuples sont des hommes ; un peuple est un homme collectif, et sa force est d'être comme un seul homme, de n'avoir dans sa vie de peuple qu'une âme et qu'une volonté. Les individus qui le composent doivent être comme les membres d'un même corps, les organes d'une même vie, animés tous d'une même énergie, modifiée dans chacun en raison de sa position et de ses fonctions, et tendant tous en des manières diverses à une seule fin, l'intérêt bien entendu et la gloire véritable de la nation.

Or, si la liberté politique est la liberté morale d'un peuple, la nature de la liberté morale et ses conditions essentielles doivent s'y retrouver. Ainsi, nous pouvons définir la liberté politique comme la liberté morale : *le pouvoir d'agir par soi-même, motu proprio*, c'est-à-dire la faculté de prendre part au gouvernement ou à la direction de la chose publique par un acte propre à chaque membre de la société, soit pleinement, soit avec mesure, suivant les circonstances ; mais toujours, pour qu'il y ait liberté, il faut une participation sérieuse, au moins par le consentement, à la chose commune. La liberté politique peut exister à tel ou tel degré. Et comment pourrait-elle être partout pleine et entière ? Rappelez-vous qu'à son exercice il y a des conditions de capacité ; rappelez-vous que pour la liberté morale il faut un certain développement de raison ; que pour produire un acte moral, il faut une certaine énergie de volonté, que les enfants, avant l'âge de raison, ne possèdent pas. Pour agir *motu proprio* dans la vie politique comme dans la vie individuelle, il faut aussi être exempt de la coaction extérieure ou de toute violence qui vienne du dehors ; il faut que l'indépendance nationale vis-à-vis des autres nations soit assurée, et que le peuple n'ait rien à craindre de l'invasion ni de l'influence de l'étranger.

Mais cela ne suffit pas : il faut encore qu'il soit exempt de toute nécessité interne qui pourrait le dominer et l'opprimer. Il faut qu'il n'y ait rien dans sa constitution, dans ses antécédents, dans la tradition des droits acquis, qui enchaîne son activité, entrave sa volonté, prévale contre son consentement et lui impose une domination nécessaire qu'il ne puisse secouer sans compromettre son existence.

Or, s'il est dans ces conditions, indépendant par le dehors, n'étant soumis à aucune nécessité au dedans, il est dans les conditions de la vraie liberté. Mais ici prenons garde. Nous avons vu que l'acte libre doit être spirituel, intelligent, justement parce qu'il est exempt de la coaction externe et de la nécessité interne, et qu'ainsi il a sa raison, son unique raison, dans la raison même de l'agent. Il en est de même des peuples libres et des citoyens vraiment libres. La raison de leurs actes doit être et être uniquement dans leur raison même, ou, autrement, tous les actes politiques qui s'accomplissent chez un peuple libre doivent avoir pour règle la fin de la société, c'est-à-dire son intérêt bien entendu et les moyens les plus propres à atteindre cette fin dernière. Alors vous avez des actes libres, intelligents, bien compris,

doués de moralité ; et la liberté politique est vraie
parce qu'elle est rationnelle, spirituelle, s'exerçant
à la manière des intelligences, c'est-à-dire avec la
vue claire de la fin de son acte et le discernement
des moyens les plus convenables. A cette condition
seulement l'acte politique est raisonnable, parce
qu'avec cette condition et par elle la liberté politique a une règle ; et cette règle est ce qu'on appelle la loi, loi fondamentale, loi principe de la
société, expression de sa fin dernière, où doit être
formulé nettement et clairement tout ce qui est essentiel à la constitution, au développement et à la
conservation du peuple, tout ce qui concerne la chose
commune et l'intérêt de tous. Que cette loi soit écrite
ou non, qu'elle s'appelle charte ou autrement, peu
importe, pourvu qu'elle soit exécutée, pourvu qu'elle
anime et dirige la vie publique. La chose essentielle
pour que la liberté existe, c'est que l'acte politique
soit réglé par la loi principale qui pose le fondement
de la société en faisant tout converger vers sa fin
dernière, et par les lois secondaires qui appliquent
en détail et dans la pratique les moyens nécessaires à
cette fin.

Or, si dans une société libre tout doit être réglé
par la loi, si tout doit se faire conformément à la loi,
il suit que tous ceux qui y vivent et qui veulent y agir
politiquement doivent être capables de comprendre
la loi. Ils ne doivent plus être des mineurs, des enfants par l'intelligence et par la volonté, ils doivent
être arrivés à l'âge de la raison politique. Donc, pour
exercer la liberté politique, il faut une certaine ca-

pacité de raison, il faut l'intelligence de la chose publique et de tout ce qui s'y rapporte; par conséquent, une certaine instruction, une certaine éducation, quelque expérience de la vie sociale, une connaissance au moins pratique des intérêts généraux et des besoins du pays. Je ne puis comprendre la liberté autrement. La liberté sans intelligence, sans connaissance, par conséquent sans règle et sans loi, c'est le désordre, c'est la licence, c'est l'anarchie, c'est le despotisme. La liberté raisonnable, intelligente, qui, comme la liberté morale, sait ce qu'elle veut parce qu'elle veut la fin dernière de son acte et les moyens propres à l'atteindre, voilà la vraie liberté.

Il faut une certaine mesure d'intelligence pour exercer la liberté politique, comme il faut une certaine mesure de raison pour exercer la liberté morale. Mais il y a une seconde condition. Au discernement de ce qu'il y a à faire, à la raison qui juge, il faut joindre la volonté qui exécute; et, dans la vie politique comme dans la vie privée, il arrive trop souvent qu'on parle bien, qu'on pense bien, qu'on sent mieux encore et qu'on agit mal. Là aussi, et peut-être plus qu'ailleurs, on n'a pas toujours le courage de ses convictions, et la conscience est vaincue trop souvent par l'intérêt. Or, dans la vie politique, l'intérêt général est la loi principe, la règle souveraine, c'est l'âme de la conscience politique.

Tout citoyen qui prend part à la chose publique doit donc user de sa liberté dans l'intérêt de tous et pour la fin commune de la société; et si son intérêt privé se trouve en opposition avec l'intérêt général,

son devoir de citoyen est de sacrifier la partie au tout,
le particulier au général, l'individu à la société. Mais,
pour cela, il faut la force du désintéressement, le
courage de l'abnégation propre, la volonté généreuse
du devoir, du bien avant tout, malgré tout et quoi
qu'il advienne. C'est là ce qui fait le vrai patriotisme.
Cette vertu, Messieurs, n'est pas facile à pratiquer;
elle vit de luttes, de privations et de sacrifices; elle
suppose une raison forte unie à une forte volonté;
elle suppose un cœur généreux, une âme honnête,
qui préfère à tout la justice et la vérité, sait maintenir ses passions et refouler l'égoïsme devant le bien
public et pour l'accomplissement de la loi. C'est ce
qui n'est pas assez compris de nos jours, où l'on
parle tant de liberté sans savoir en quoi elle consiste, où l'on réclame le patriotisme sans en connaître
les conditions véritables. On veut être libre politiquement, et on ne sait pas même l'être moralement.
On parle de liberté, et on ne sait pas préférer l'intérêt
public à l'intérêt privé; on ne peut pas résister à ses
passions devant la loi et pour le maintien de la loi.
On veut prendre part aux affaires du pays, mais c'est
pour les exploiter à son profit. On veut avoir la main
dans la fortune publique pour faire ou refaire sa propre fortune. On veut de l'or, de la puissance, des
jouissances, tous les biens de ce monde, et avec cela
on veut être un grand citoyen !

Non, Messieurs, les choses ne vont pas ainsi. On ne
peut pas concilier ce qui est inconciliable, l'égoïsme
et le désintéressement, l'amour de soi et le patriotisme; et partout où cette prétention se montre, la

conscience publique et le bon sens des hommes en font justice. Il faut à la liberté politique de la raison et de la volonté. Il faut que la volonté soit éclairée par la raison, et que la raison soit poussée à la pratique par l'énergie de la volonté. Ainsi s'accomplissent les grandes choses ; et l'exercice de la vraie liberté politique est une des plus grandes choses qui soient au monde.

Après ces explications, vous comprendrez facilement pourquoi la parole joue un si grand rôle dans les sociétés libres. C'est que la parole est l'instrument de la pensée ; la parole est le glaive de l'esprit, et les esprits ne doivent employer que des armes spirituelles ; c'est par la parole seule qu'ils doivent s'entendre ou se combattre. Or, rappelez-vous ce que nous avons dit tout à l'heure : l'essence de la liberté est d'être exempte de toute coaction du dehors, de toute nécessité interne. Elle se décide par un mouvement propre, qui vient de la raison. La liberté est essentielle à l'esprit comme l'inertie est essentielle à la matière. Donc, si vous faites intervenir la matière, c'est-à-dire la force du corps, la violence physique, vous violez la liberté de l'esprit, vous tuez la vraie liberté. Employer la force pour faire vouloir des êtres intelligents, c'est dégrader l'homme, c'est en faire un animal, une chose, une matière. Pour entraîner légitimement des volontés, il faut les éclairer, les convaincre, les persuader, et c'est le rôle de la parole. Elle est l'âme des sociétés libres, où la délibération et la discussion doivent décider de tout. La délibération est l'acte même de la liberté, ou la liberté en acte. Elle doit être toute morale, toute intellectuelle. Elle doit tirer toute sa force, toute sa puissance de l'ordre spirituel, des choses intelligibles, de la vérité, de la science, de la justice, de la loi, du bien, de la vertu. Ah! prenez garde que la violence n'entre jamais dans ce sanctuaire. La matière est faite pour obéir à l'esprit, pour exécuter ses ordres; elle n'a rien à voir dans la délibération, dans la décision, car elle est aveugle. Là doit régner exclusivement la lumière de la vérité. L'esprit doit agir sur l'esprit, l'âme sur l'âme, et la puissance de la parole seule doit amener le succès et donner la victoire.

Ainsi la liberté vraie se distingue nettement de la fausse liberté. La vraie liberté, intelligente et morale, n'emploie que des moyens moraux et intellectuels; elle s'efforce d'éclairer les esprits, de convaincre la raison, de toucher le cœur, de persuader les volontés. Elle respecte profondément la liberté de l'homme, et quand elle veut l'entraîner à son avis ou le convertir à sa pensée, elle tâche de gagner son assentiment, son consentement par les ressources du discours, par la force de la parole. La fausse liberté, au contraire, appelle toujours à son aide la coaction extérieure, la force matérielle, la violence brutale. Elle ne se donne pas la peine de chercher à convaincre quand elle se croit la plus forte, ou si elle essaie de persuader et qu'on lui résiste, elle s'indigne bientôt contre l'obstacle et tue les hommes dont elle ne peut détruire les convictions. Mais on ne tue pas la vérité avec les hommes. Elle subsiste impérissable, toujours vivante et protestant toujours contre ce qui l'opprime.

Mettre ainsi la force à la place du droit et la matière au-dessus de l'esprit, je dis que c'est un crime de lèse-intelligence, de lèse-humanité. Ce n'est pas ainsi qu'on traite un être intelligent. L'homme esprit a le droit qu'on discute avec lui. S'il est ignorant, il faut l'instruire ; s'il est dans l'erreur, le redresser ; s'il est aveuglé par la passion ou obscurci par les préjugés, il faut l'éclairer, le désabuser, et surtout l'émouvoir, le toucher, l'entraîner. Le consentement de sa volonté est une assez grande chose pour qu'on se donne la peine de le conquérir, et la parole seule fait ces conquêtes. Jamais on n'a établi une vérité par la force ; les moyens violents provoquent les violentes réactions, et ainsi rien ne se fonde sur un terrain toujours bouleversé, où le lendemain va détruire ce que la veille a établi.

Comment la liberté politique, telle que nous venons de l'expliquer, s'organisera-t-elle ? Vous n'attendez pas, Messieurs, que je vous l'explique. Ce n'est point le lieu, ce n'est point le moment ; et d'ailleurs le mode de cette organisation importe peu à notre question ; c'est l'objet des hommes politiques, et le philosophe lui-même n'a pas à s'en occuper. Une chose nous suffit en ce moment, c'est que l'idée de la vraie liberté soit comprise afin qu'elle soit réalisée. Rien de plus simple que cette idée. L'homme politique ou le citoyen doit agir par lui-même dans sa vie publique comme l'homme privé, l'individu doit agir par lui-même dans sa vie morale. La liberté, d'un côté comme de l'autre, est tout entière dans le *motu proprio*, et c'est ce qui se fait dans les sociétés

ibres, par la part sérieuse que tous les hommes ca-
,ables doivent prendre à la direction de la chose
:ommune. Comment cette participation leur sera-
-elle accordée? pleinement ou avec mesure? dans
,uellé proportion? Toutes ces questions ne me re-
,ardent pas. Je dis seulement que la liberté politique
:xiste là où cette participation est réelle et vraiment
:xercée. Je dis que si le peuple tout entier gouverne
lui-même ses affaires, il aura la liberté dans toute sa
plénitude ; ce sera la démocratie absolue. Les choses
en iront-elles mieux et le peuple en sera-t-il plus fort,
plus heureux? Je ne le sais pas et ne cherche point à
le savoir maintenant. Je constate seulement qu'il y a
eu et qu'il peut y avoir des démocraties absolues
dans le monde. Quand cette participation est mesu-
rée, limitée, la liberté est proportionnelle, mais elle
existe ; et elle existe encore, quand elle est exercée
indirectement, par des représentants : car mon représentant c'est moi-même, puisque je lui ai donné le
pouvoir de consentir en mon nom. Puis, pour que
cette liberté ne soit pas un vain nom, pour que l'idée
devienne une réalité, chaque membre du corps politique doit participer à la vie de ce corps, et comme
tous les organes dans un être vivant ont une fonction
à remplir, et contribuent par leur action privée aux
fonctions les plus générales de l'organisme, et en définitive à l'action commune de la vie dans l'ensemble,
ainsi les citoyens d'un État libre doivent coopérer par
leur acte propre aux grandes fonctions de l'organisme
politique et au mouvement commun de la vie sociale.
La fonction la plus importante du corps poli-

tique est la formation de la loi. Donc, là où il y a liberté, les citoyens doivent participer directement ou indirectement à la législation : car l'homme libre doit consentir, doit accepter volontairement la loi qu'il observe. Mais ici rappelons-nous une chose, c'est que l'exercice de l'acte libre suppose une certaine capacité de raison et de volonté. Il subira donc une limitation, une restriction nécessaire : car, à coup sûr, on n'entend pas admettre à la fonction législative des enfants ni des insensés. Pour conduire les autres, il faut d'abord savoir se conduire soi-même. Il y aura donc toujours à l'exercice de la liberté une condition de capacité.

Le gouvernement est l'application de la loi fondamentale et de ses lois organiques à la direction des affaires communes. Là aussi, s'il y a liberté, le citoyen doit avoir sa part d'action, d'influence, tantôt d'une manière, tantôt d'une autre ; par l'élection directe, indirecte ou autrement. Je n'ai pas à vous exposer les mille formes possibles de gouvernement : je dis seulement que le citoyen libre a quelque chose à mettre dans cette balance.

Rien de plus grave pour la société que l'administration de sa fortune. Elle se compose de toutes les fortunes particulières, et le trésor public s'alimente à toutes les sources de la richesse privée. Un pays libre ne peut être imposé sans le consentement de ceux qui paient, et ainsi un des droits essentiels de la liberté politique est la votation des subsides.

La distribution de la justice intéresse à un haut point l'existence morale de l'État. Le citoyen doit aussi y prendre part, parce qu'elle décide de la vie, de l'honneur, de la propriété et des droits de tous. Il faut que chacun soit jugé, autant qu'il est possible, par ses pairs. C'est une garantie de sympathie et d'impartialité, chacun ne voulant pas faire aux autres ce qu'il ne voudrait pas qu'on lui fît. Cette participation à la haute fonction de rendre la justice s'exerce par le jury.

La conservation de l'ordre public, la protection des personnes et des biens importe infiniment à la société et à tous ses membres ; c'est une des choses les plus graves de la vie politique, une des fonctions les plus essentielles de l'organisme social, et c'est pourquoi là où la liberté existe, tous les citoyens doivent coopérer à la force publique, qui assure l'ordre et la paix de l'intérieur. C'est ce qui se fait chez tous les peuples libres par une garde civique.

Enfin, pour ne pas entrer dans des détails qui nous éloigneraient du but de ce discours, nous dirons, en résumé, que, dans une société libre, chaque membre capable, devant prendre part aux affaires publiques, a, par cela même, le droit de connaître l'état des choses et, au besoin, de dire son avis. C'est ce qui arrive par la publicité, qui donne à chacun la possibilité de tout connaître et d'apporter sa part d'expérience et de conseil à la chose commune. Puis, la loi étant pour tous, et tous contribuant à la former, tous aussi sont égaux devant elle, pouvant avoir part aux bénéfices de l'association, comme ils participent à ses charges ; tous sont admissibles à tous les emplois, en raison du mérite et de la capacité.

Telle est, je crois, l'idée vraie de la liberté politique.

Avant de terminer, je me pose cette question, que sans doute vous vous êtes déjà faite à vous-mêmes plus d'une fois dans vos méditations solitaires. Je me demande si la liberté politique est une garantie de bonheur pour les peuples qui en jouissent. A cela je réponds qu'il en est de la liberté politique comme de la liberté morale. La liberté morale est-elle une garantie de bonheur pour celui qui l'exerce? Oui et non, selon l'usage qu'il en fait. Nous recueillons ce que nous avons semé, et il nous sera rendu en raison de nos œuvres; c'est la loi de l'éternelle justice, de l'imprescriptible équité. Nous serons jugés par nos actes, et les conséquences nous en reviendront certainement, sinon sur cette terre, au moins dans un autre monde; et même déjà dans cette vie, on est puni presque toujours par où l'on a péché. Donc, si un peuple abuse de sa liberté pour commettre l'injustice et faire le mal, il en sera puni comme l'individu qui abuse de sa liberté morale; et ainsi la liberté, dans ces deux cas, devient par l'abus une source de malheurs : car la liberté en elle-même n'est qu'un instrument, une arme qui tue ou sauve, qui n'est en soi ni innocente ni criminelle, mais qui devient l'un ou l'autre par l'emploi qu'on lui donne. Donc, il y a encore d'autres conditions pour qu'elle fasse le bonheur des peuples. Il faut que ces peuples soient capables de l'exercer moralement, c'est-à-dire qu'ils aient de l'instruction et de la conscience; il faut qu'ils aient assez de lumières pour comprendre leurs devoirs et assez de force de volonté pour les accomplir.

Il en est de l'arbre de la liberté comme de l'arbre de la science, tous deux portent des fruits de vie ou de mort, les fruits du bien ou du mal. Certes, la science en elle-même est belle, admirable; elle fait la force et la gloire de l'intelligence en l'unissant à la vérité. Car elle est l'intuition et la reproduction du vrai dans notre esprit, qui vit et grandit dans la lumière de la vérité. Mais si à cet esprit éclairé se joint une volonté perverse, si le cœur, dominé par les mauvaises passions, esclave de penchants vicieux, n'a que des tendances basses, des mouvements désordonnés, des affections déréglées, la volonté, aveuglée par les ténèbres du cœur, entraînée par ses mauvais instincts, pervertira tous ses moyens d'agir, tournera au mal toutes les ressources du bien, et ainsi, plus elle sera intelligente, plus elle deviendra dangereuse; plus elle aura de connaissance, et mieux elle saura faire le mal. En lui donnant de l'instruction, vous lui mettez entre les mains une arme funeste, dont elle usera pour sa ruine et celle de beaucoup d'autres. Ainsi, ne croyez pas que pour rendre le peuple plus heureux il suffise de lui apprendre à lire. La connaissance est bonne, sans doute, mais à la condition qu'elle sera bien employée. Elle est un don funeste sans cette garantie. Il faut donc commencer par rendre les hommes meilleurs, par les moraliser, en leur apprenant ce que c'est que le bien et le mal, à connaître et à respecter le devoir, à observer la loi, à aimer la vertu. Il faut surtout, par l'éducation chrétienne, leur donner le sens et le goût de la justice, développer en eux de nobles instincts et leur inspirer de hautes et généreuses tendances. Ainsi préparés, vous pourrez les instruire sans crainte; la science ne sera plus dangereuse; elle deviendra au contraire un instrument efficace du bien. Mais si vous la jetez dans une âme dépravée, vous rendrez cette âme plus mauvaise encore, et vous ferez à la société un triste présent.

A cette réponse, nous pouvons encore ajouter une chose, c'est que la question de la vie actuelle, pour les peuples comme pour les individus, n'est pas précisément une question de bonheur. Nous ne sommes pas sur la terre, Messieurs, pour nous y divertir et pour jouir, nous y sommes pour subir une épreuve périlleuse, et c'est justement par la liberté que cette épreuve s'accomplit; car, par notre liberté, nous devons choisir entre le bien et le mal, entre Dieu et son ennemi. Par notre liberté, nous devons combattre le mal sous toutes les formes et coopérer au triomphe du bien. Donc, la liberté morale ou politique est un combat, une guerre, *militia est vita hominis super terram.* Dès que nous commençons à exercer la liberté morale, nous entrons dans la lutte. Placés entre des termes contraires qui se disputent l'assentiment de notre volonté, il faut nous donner à l'un ou à l'autre, et l'un et l'autre nous attirent par des rapports mystérieux avec les éléments de notre existence; ils se combattent en nous, nous mettent en guerre avec nous-même, et de là la vie inquiète, douloureuse, agitée de tout homme qui exerce sa liberté. Les peuples n'y échappent pas plus que les individus.

La liberté politique est une guerre continuelle contre les mauvaises passions ; elle a toujours à défendre l'intérêt général contre l'intérêt particulier, la chose publique contre l'égoïsme privé, l'unité de l'État contre les tendances des partis et les ambitions des individus. C'est un champ de bataille de tous les jours, où le combat se renouvelle sans cesse, et qui impose à tous ceux qui y prennent part, comme soldats de la noble cause de la liberté, des devoirs multipliés, un courage persévérant et de grands sacrifices. Oui, l'enfant sans raison peut être plus heureux, c'est-à-dire plus tranquille et jouissant plus des douceurs de la vie, que celui où la raison commence à poindre, qui se dispute dans sa conscience avec la loi, et se partage entre le bien et le mal. Le mineur soigné dans sa famille par les affections qui l'entourent, et qui reçoit tout ce qui lui est nécessaire et même agréable sans avoir à s'inquiéter de rien, ne semble-t-il pas plus heureux qu'après son émancipation, où, maître de sa chose et l'administrant à son gré, il aura le souci et l'ennui de ses affaires? S'il s'agissait uniquement de bonheur, c'est-à-dire de jouissance tranquille, la question ne serait pas douteuse. La liberté avec ses agitations, ses luttes et ses sollicitudes, n'est pas favorable à la paix de l'existence. Mais s'il s'agit de dignité humaine, s'il s'agit du développement de l'humanité, du déploiement de ses forces, de ses facultés, de sa grandeur, de sa noblesse et du succès de la grande épreuve à laquelle l'homme est soumis ici-bas, alors nous devons dire que, quoi qu'il advienne de la jouissance et du bonheur, il faut que les enfants cessent d'être enfants pour devenir adultes, pour devenir hommes et agir comme des hommes, avec toutes les prérogatives et tous les inconvénients de la liberté. On peut appliquer au genre humain cette devise d'un peuple généreux : *Malo periculosam libertatem, quàm tranquillum servitium.*

Une autre question se présente encore. Tous les peuples peuvent-ils parvenir à la liberté politique ? C'est demander si tous les hommes qui naissent arriveront à l'âge adulte. Combien ne sont pas nés viables et meurent avant le temps ! combien vont jusqu'à la porte de la jeunesse et n'y entrent pas ! beaucoup touchent à l'âge mûr et n'en franchissent point les limites ; c'est le moindre nombre qui vieillit ; bien peu vont au bout de la carrière. Ainsi des peuples. Il y en a qui, par leur constitution, ne peuvent pas vivre ; la manière dont ils ont été formés exclut les conditions de l'existence jusqu'à l'âge adulte. Il y en a qui, comme certains individus, sont faibles de corps, d'esprit et de volonté toute leur vie. Il y a des hommes toujours jeunes par le caractère ; il y a aussi des peuples toujours jeunes par leur tempérament ; il y en a même qui sont toujours enfants. Il faut donc ici distinguer. Non, la liberté politique n'est pas de tous les temps, de toutes les époques, ni pour tous les peuples, comme la liberté morale n'est pas pour tous les âges ; et bien que tous les peuples, en tant que peuples, soient appelés à la liberté politique, qui est le privilége de l'âge adulte des nations, comme tous les enfants sont appelés à la liberté morale en grandissant, en devenant hommes, cependant tous n'y arriveront pas. Beaucoup meurent avant le temps, d'autres restent dans une longue enfance, plus heureuse peut-être que l'état de liberté, et qui les rend incapables de la comprendre et de l'exercer. Vous concevez par là pourquoi la propagande en fait de liberté politique est dangereuse, quand elle est inintelligente et passionnée, et c'est encore un des caractères qui distinguent la liberté véritable de la fausse liberté. Cette dernière veut s'imposer aux autres à tout prix; elle emploie la violence au défaut de la persuasion, les armes en place des idées; dans son enthousiasme aveugle, dans son brutal prosélytisme, elle veut forcer à être libre à sa manière les nations qui n'ont ni le besoin, ni l'intelligence, ni la force de la liberté.

Messieurs, avouons-le pour notre instruction, pour l'instruction de tous les peuples, nous avons commis cette faute dans notre grande révolution, et nous en avons porté la peine. Dans notre amour aveugle de la liberté, qui a été jusqu'à la fureur, nous ne l'avons point vue comme elle est en elle-même, dans sa dignité spirituelle, dans sa beauté toute morale; nous l'avons vue et faite comme notre passion l'a imaginée, et, il faut bien le dire, nous l'avons défigurée, dégradée. On a voulu l'établir par la force, et on n'a réussi qu'à faire régner la terreur. On a déshonoré son nom par toutes les iniquités, par toutes les horreurs. On a crié : La liberté ou la mort! et on a donné la mort à tous ceux qui n'ont pas voulu d'une telle liberté! Messieurs, je le dis ici à la face du monde, à la face des partis et des pas-

sions, et avec toute la liberté du ministre de Jésus-
Christ, qui doit annoncer la vérité aux peuples comme
aux rois : les violences de notre liberté sont notre
honte, la honte de ceux qui les ont commises, la
honte de ceux qui les ont tolérées. Mais ce qui, peut-
être, est plus honteux encore, c'est ce qui se passe
aujourd'hui, l'apologie du crime, la réhabilitation
des plus grands criminels, et cette espèce d'apothéose,
avec les hosanna du triomphe, les alleluia de la ré-
surrection, de l'époque la plus lamentable, la plus
abominable de notre histoire. Non, ce ne sont pas là
les voies de Dieu ; ce sont les voies des hommes, des
hommes de crime et de sang, et je le dis bien haut,
dans cette chaire de vérité, pour rassurer la conscience
publique et redresser le sens moral égaré. Voilà pourquoi notre grande œuvre a si mal réussi ; tous les
efforts, toutes les agitations, toutes les convulsions de
la France pour fonder sa liberté ont abouti au despotisme ; despotisme glorieux, sans doute, et qui valait
mieux que l'anarchie ; mais enfin despotisme, c'est-
à-dire l'antipode de la liberté.

Et au dehors, autour de nous, qu'avons-nous fait?
Nous n'avons pas été plus sages. La même fureur nous
a encore emportés. Nous avons cru que tout nous
était permis au nom de la liberté. Nous n'avons rien
respecté de ce qui nous gênait. Nous avons imposé
aux peuples nos opinions, nos systèmes, nos institutions, nos sentiments, notre enthousiasme ; nous
avons voulu les forcer à être libres, et savez-vous ce
que nous leur avons donné? la conquête et l'oppression qu'ils nous ont rendues.

Voilà comment la justice de Dieu s'accomplit!
Nous n'avons réussi ni d'un côté ni de l'autre, parce
que nos moyens étaient mauvais, parce qu'on ne
fonde ni la liberté, ni la vérité avec la violence,
parce qu'il n'est jamais permis de faire un mal pour
obtenir un bien. Oui, sans doute, et ce nous est une
consolation de le dire, au milieu de toutes ces fautes,
de grandes choses ont été faites et subsistent. De
grandes vertus ont éclaté, de grands courages se sont
manifestés dans les vainqueurs et dans les vaincus;
car c'est le malheur des révolutions, qu'il y ait au
sein de la même patrie des vainqueurs et des vaincus! Mais tout ce qui est juste, tout ce qui est vrai,
tout ce qui est bien eût été accompli, et mieux encore, par les voies pacifiques de la Providence, si
les hommes eussent laissé faire la Providence de Dieu.
Les crimes de notre révolution, les violences de nos
conquêtes, toutes les horreurs dont nous avons effrayé
la terre n'étaient pas nécessaires à l'affranchissement
du monde. L'esprit de l'Évangile, qui l'avait préparé
depuis des siècles, aurait bien su le consommer, comme il fait toutes choses, avec douceur et
force, *omnia fortiter et suaviter*. Cependant Dieu a
eu pitié de nous dans nos égarements; et malgré nos
fautes, il nous a menés vers le but au milieu de nos
agitations insensées, que nous avons dû expier, que
nous expions encore, et que nous expierons longtemps; il a fait sortir le bien du mal, et c'est là qu'é-
clatent toujours le plus magnifiquement sa puissance,
sa miséricorde et sa bonté.

TROISIÈME CONFÉRENCE.

L'INSTITUTION DE L'ÉGLISE CATHOLIQUE EST L'INSTITUTION MÊME DE
LA VRAIE LIBERTÉ DANS LE MONDE.

————o————

MONSEIGNEUR,
MESSIEURS,

La liberté politique, nous l'avons vu, est une application, une transformation de la liberté morale; elle doit donc en reproduire la nature et les conditions. Or, la liberté morale est le *pouvoir d'agir par soi-même, motu proprio,* sans coaction extérieure, sans nécessité interne, en sorte que la raison de l'acte libre soit uniquement dans la raison de l'agent. L'être raisonnable peut donc seul être libre. Sa raison, qui est le principe de son acte, en voit la fin et les moyens, et cette vue en devient la règle ou la loi.

Donc, point de liberté sans loi, sans la connaissance de la loi, sans la capacité de cette connaissance, et enfin sans la puissance d'exécuter la loi reconnue, c'est-à-dire sans une certaine force de volonté. Tout cela se trouve dans la liberté politique. Elle est aussi le *pouvoir d'agir par soi* dans la vie publique, sans violence du dehors, sans oppression au dedans. L'acte politique a son principe dans la raison du citoyen, et sa règle ou sa loi dans la vue de la fin de l'acte, l'intérêt de la société, et des moyens les plus propres à l'atteindre. Donc, point de liberté politique sans la loi, par conséquent sans la capacité de connaître la loi et la puissance de l'appliquer, c'est-à-dire sans un certain développement moral.

Maintenant, le terme principal de la question étant éclairci, nous pouvons le mettre en comparaison avec le second, qui nous est connu, savoir, la religion chrétienne, la religion catholique. Or, la religion catholique est réalisée sur la terre par l'Église; c'est donc l'institution de l'Église et son esprit que nous allons considérer aujourd'hui. Nous tâcherons de vous montrer que l'institution de l'Église catholique est l'institution même de la vraie liberté dans le monde, et que l'esprit de l'Église est identique à l'esprit de la liberté.

Une chose me frappe d'abord, Messieurs, c'est la manière dont le christianisme s'est établi dans le monde. Ses voies sont contraires à celles des autres religions. Toutes les autres sont dans la main des puissances de la terre; le pouvoir spirituel y est confondu avec le pouvoir temporel : ce sont des religions gouvernementales, nationales. Il n'en est point ainsi de la religion chrétienne; elle n'est point nationale, elle est universelle, et c'est justement à ce caractère que je reconnais sa vérité, sa divinité. Comment lavéritable religion pourrait-elle être quelque chose de restreint, quelque chose de particulier? Elle doit établir et manifester les rapports de l'humanité avec Dieu. Or, Dieu est Celui qui Est, l'Être universel, dont tout être particulier dérive et relève; les hommes, créés par Dieu, ont tous la même nature, et sont tous, par leur nature, dans un même rapport avec leur auteur. Donc la religion vraie, celle qui vient de Dieu, qui doit rattacher l'homme à Dieu et s'appliquer à l'humanité entière, doit être partout la même au fond, la même dans ses dogmes, dans ses principes, dans ses préceptes, dans sa morale.

Une religion nationale, par cela même qu'elle est nationale, est quelque chose de conditionnel, de relatif, borné par le temps et l'espace, par conséquent propre à un peuple et devant périr avec lui. Ce n'est point une institution pour tous les hommes, et le premier caractère de la vérité religieuse lui manque, l'universalité. L'humanité doit former une grande unité; car tous les hommes ont le même principe et une fin unique; tous, sortis de la même souche, doivent constituer une même famille; et où voulez-vous que cette famille se rassemble et se fonde moralement, si ce n'est dans la religion? Toutes les choses du monde, les circonstances, les institutions, les gouvernements, les nationalités, les mœurs, les intérêts terrestres séparent les hommes, les divisent, et souvent les mettent en opposition, parce que toutes ces choses, temporelles et bornées de leur nature, sont en raison des lieux et du temps. Mais il y a dans l'humanité quelque chose de commun, de un; il doit y avoir en elle un centre, un foyer, principe d'une même vie, qui se répande en tous ses membres et les réunisse dans une certaine sympathie morale, dans une solidarité d'existence spirituelle, supérieure à l'existence physique, et les élève au-dessus des formes multiples et passagères de la vie du monde. Il faut qu'il y ait au milieu des hommes, entre tous les hommes, une société universelle, où toutes les âmes humaines se rassemblent, s'entendent, où toutes les volontés d'homme puissent s'unir, se confondre et s'aimer. C'a été le dernier vœu de Jésus-Christ avant de mourir sur la croix, et c'est la fin dernière du christianisme : *Sint unum!* Qu'ils soient un entre eux, ô mon Père! comme vous et moi nous sommes un!

Le propre de la véritable religion est donc d'établir une société universelle, et elle ne peut être universelle que parce qu'elle est spirituelle. Dès que les choses de ce monde, les intérêts temporels s'y mêlent, elle tend, sous leur influence, à se restreindre, à se diversifier, à se particulariser; elle n'a plus toute la liberté, toute la beauté de sa nature, et c'est pourquoi la religion chrétienne, qui est la vraie religion, parce qu'elle vient de Dieu seul, considérée en elle-même, dans sa nature, dans ses dogmes, dans ses préceptes, est essentiellement *universelle*, c'est-à-dire *catholique*, et ce beau nom ne convient qu'à elle.

Cette religion catholique, cette société universelle et spirituelle des âmes, s'est réalisée dans le monde par une institution sans égale et sans pareille, l'Église. Avant l'Évangile on n'avait point vu sur la terre une chose semblable, et les hommes les plus intelligents de l'antiquité n'en avaient pas même eu la pensée. La parole de Jésus-Christ a fondé en ce monde une puissance qui n'est pas de ce monde, qui se déclare supérieure à toutes les puissances de la terre, parce qu'elle est divine, et à ce titre universelle, éternelle. Elle relève de Dieu seul qui l'a établie; elle a reçu la mission d'enseigner les choses de l'éternité, les vérités du ciel, de guérir, de régénérer, de sauver les âmes, de les rapprocher, de les unir en Dieu par la divine charité; en un mot, de faire arriver le royaume de Dieu sur la terre. Et, dans l'accomplissement de sa haute mission, quelques obstacles qu'elle rencontre, quelques assauts qu'elle subisse, elle pourra être ébranlée, mais jamais renversée, et toutes les forces de l'enfer et du monde ne prévaudront point contre elle.

Comment la puissance spirituelle s'est-elle établie? par des moyens tout spirituels, conformes à sa nature. Elle a horreur de la violence; elle est au-dessus de la force matérielle, qui ne peut pas plus la fonder que l'abattre.

Elle a pris possession du monde par la parole. L'Église, qui a reçu la parole de la vie éternelle, l'a annoncée aux hommes avec autorité, avec l'autorité du fils de Dieu, du Verbe incarné, de Jésus-Christ, qui la lui a transmise. Elle s'est posée devant les hommes, en vertu même de son institution divine, comme une puissance nouvelle qui s'appellera désormais la puissance spirituelle, et qui sera pleinement indépendante, dans ses attributions propres, de tous les pouvoirs de ce monde, dont elle ne dérive point, et qui n'ont point de juridiction sur elle.

Je dis qu'à l'origine du christianisme c'était là un phénomène nouveau sous le soleil. L'histoire en fait foi. Parcourez les annales des peuples avant l'Évangile ; dans tous les lieux, dans tous les temps, vous ne verrez apparaître nulle part un pouvoir spirituel séparé, une religion indépendante de l'État. Partout le spirituel est mêlé au temporel ; la religion est dans l'État, et les hommes sont livrés aux gouvernements de la terre, âme, corps et biens. Mais voici qu'à la parole de Jésus-Christ, la puissance spirituelle se dresse en face du pouvoir temporel et lui dit : Je viens du ciel ; je tiens ma mission d'en haut, et je suis envoyée ici-bas pour annoncer l'éternelle vérité. Je suis envoyée par Dieu même pour établir son règne dans les âmes, pour leur apprendre à connaître et à faire sa sainte volonté. Au nom de Jésus-Christ, le fils de Dieu fait homme, je viens instruire, guérir et sauver les hommes. Je viens combattre le mal, protéger l'innocence, proclamer le droit, faire respecter la justice, poursuivre le crime et enseigner la vertu. Telle est la puissance que je dois exercer en ce monde ; elle s'étendra sur tous, peuples et rois, parce que tous sont des hommes, et que tous les hommes ont été créés par Dieu et rachetés par Jésus-Christ, qui m'envoie pour exercer sa puissance et consommer son œuvre. Celui qui m'écoute, écoute Dieu même ; celui qui me méprise, le méprise.

Voilà, Messieurs, comment l'Église a été fondée sur la terre, et je dis, d'après les explications données précédemment sur la nature et les conditions de la vraie liberté, que cette institution d'une puissance

toute spirituelle, supérieure au pouvoir temporel par
sa nature, indépendante de ce pouvoir par son autorité et dans sa juridiction, et ne s'exerçant que par
des moyens spirituels, est ce qu'il y a de plus favorable à la liberté. Je dis que cette institution est la
réalisation même de la liberté dans le monde; qu'elle
y a fondé et consolidé par l'Église et dans l'Église,
d'une manière positive et durable, la vraie liberté,
propriété essentielle de l'esprit, et qui est diamétrale-
ment opposée à l'inertie du corps et à la force aveugle
de la matière. Par là il a été reconnu et proclamé que
l'âme des hommes dépend de Dieu seul; que le devoir le plus sacré, qui doit prévaloir sur tous les
autres, est le devoir envers Dieu, et ce devoir, par cela
qu'il domine tous les autres, est aussi pour l'homme,
et par son obligation suréminente, une garantie d'indépendance et de dignité devant les puissances du
monde.

En effet, l'Église dit aux hommes : Vous avez une
âme, cette âme a été créée immédiatement par Dieu;
Dieu seul en est le principe, donc elle n'appartient
qu'à lui; donc vous êtes tellement grands par votre
origine et par votre nature, que vous ne devez obéir
qu'à Dieu ou à ses représentants. Telle est votre dignité,
que votre volonté ne doit s'abaisser que devant sa
loi, et encore cette loi qu'il vous impose, parce qu'il
est votre créateur, votre supérieur naturel, Dieu
même ne veut pas que vous l'accomplissiez en esclaves; il respecte tellement votre liberté, qu'il demande une obéissance volontaire. C'est pourquoi,
dans ses rapports avec vous, quand il promulgue sa

loi soit au Sinaï, devant Israël, soit en la personne de Jésus-Christ, qui vient annoncer le commandement nouveau, en proposant ce qu'il faut croire et observer pour lui être agréable, il ne contraint personne, il pactise avec les hommes et demande leur asssentiment; il réclame votre consentement, parce qu'il ne peut pas être contraire à lui-même, parce qu'il vous a donné la liberté pour que vous en usiez, et enfin parce qu'il veut être aimé librement, avec préférence, par prédilection. C'est l'amour libre qui charme son cœur, et les hommages forcés ou aveugles ne lui plaisent pas.

L'Église dit encore aux hommes : Non-seulement votre âme a été créée par Dieu, mais elle a été rachetée par le sang d'un Dieu; et ainsi vous lui appartenez à un nouveau titre, au titre du rachat. Il a payé votre délivrance, et il l'a payée d'un grand prix, de son sang et de sa vie. Donc, chrétiens, votre âme est à Dieu, à vous, et à personne autre. Donc, toute autre domination est indigne de Dieu et de vous : indigne de Dieu, car elle serait une usurpation de ses droits; indigne de vous, parce que, venant de Dieu même et rachetés par lui, vous n'appartenez qu'à lui. Vous n'avez qu'un maître, le maître du ciel et de la terre; vous n'avez qu'un roi, et c'est le roi des rois.

L'Église nous dit encore : Votre âme a été faite à l'image de Dieu; elle en est la ressemblance. Sa perfection est donc de s'en approcher, car la perfection d'une image est de reproduire son modèle. Votre fin dernière est donc la perfection même de Dieu, et c'est pourquoi le divin maître vous a dit : Soyez parfaits comme votre Père céleste est parfait. Or, Dieu est la suprême intelligence et la souveraine liberté. Donc, faits à son image, il faut que l'intelligence reluise en vous, il faut que la liberté s'exerce; donc vous devez travailler à votre affranchissement et secouer le joug de la chair, qui appesantit l'esprit et entrave la volonté. Vous devez briser la servitude des sens et des passions, qui vous dégradent en vous soumettant à une influence contraire à la loi de Dieu. Car Dieu, qui a fait l'homme âme et corps, substance spirituelle unie à une substance matérielle, deux substances associées dans l'unité d'une même personne, a voulu aussi que la partie la plus noble dirigeât l'existence humaine par l'intelligence et la liberté. Donc, pour rester dans la dignité de votre humanité, votre âme doit conduire votre corps, comme elle obéit elle-même à la loi divine, afin que votre personne tout entière soit dans l'ordre de sa création. Donc, l'âme humaine, créée de Dieu immédiatement, image de Dieu, et rachetée par Dieu, ne relève que de Dieu, ne dépend que de lui, et ainsi ne doit obéir qu'à lui.

Par là, et suivez la conséquence, je vous en conjure, l'Église catholique a proclamé et enseigné la véritable liberté de l'âme dans toutes les situations où l'homme peut se trouver, dans tous les rapports qu'il peut soutenir. Le monde a compris par les principes et les conséquences de l'Évangile qu'une âme humaine, où qu'elle se trouve, quelque corps qu'elle habite, par cela qu'elle est une âme créée par Dieu, rachetée du sang de Dieu, image de Dieu, ne ressort en définitive que de Dieu. Eh bien, cette vérité si simple a fait un changement immense dans le monde ; elle a bouleversé toutes les sociétés païennes et organisé la société chrétienne sur de nouvelles bases. Ainsi, dans la famille, le christianisme a établi la vraie liberté, et avec elle la dignité et la sécurité des membres qui la composent. L'Évangile a proclamé la liberté de la femme, la dignité de l'épouse ; car il a enseigné que la femme, en face de l'homme, l'épouse en face de l'époux, est une créature libre, une âme créée et rachetée par Dieu, et par conséquent en rapport intime et personnel avec Dieu. Cette âme reste chargée et responsable d'elle-même en ce qui concerne son salut ; elle a aussi un for intérieur où personne que Dieu n'a le droit d'entrer, et quand elle passe dans l'état de mariage, elle s'unit à l'homme temporellement ; elle ne donne pas son âme, qui est la propriété de Dieu ; elle ne livre ni sa conscience ni sa foi ; elle concède des droits sur son existence de ce monde comme on lui en accorde, mais il y a des choses qui restent en dehors du contrat : les choses de l'âme et de l'éternité. C'est là, Messieurs, ce qui fait la dignité et la grandeur de la femme chrétienne. Elle se donne librement, mais jamais sans réserve ; cette réserve maintient le droit de Dieu sur elle, garantit l'accomplissement de son devoir principal, et l'accomplissement de ce devoir, c'est sa force dans ce monde et son salut dans l'autre. Il n'en était point ainsi chez les anciens. Vous connaissez le triste sort de la femme dans la civilisation païenne ; elle était la première des esclaves de la maison, traitée par le mari comme une propriété, comme une chose dont il pouvait disposer à son gré ; et chez les Grecs et les Romains, il n'était pas rare de voir les femmes vendues par leurs époux.

J'en dirai autant de la liberté de l'enfant au sein de la famille. Naturellement, les hommes peuvent s'imaginer qu'ils sont les créateurs, et ainsi les possesseurs de leurs enfants ; et de là la puissance exagérée qu'ils s'arrogent sur eux, et qui ne va à rien moins qu'à la vie et à la mort. L'enfant est regardé comme une propriété dont on peut disposer, user et abuser, qu'on peut même abandonner ou détruire, si elle devient onéreuse ou désagréable. Vous savez tout ce qui se passait chez les anciens à cet égard. Nous voyons aussi ce qui arrive de nos jours, partout où l'influence de l'Évangile ne règne point, et même chez les chrétiens sans foi ou dont la foi n'est pas vivante ; ils reviennent naturellement à cette opinion toute païenne, que leurs enfants leur appartiennent d'une manière absolue, et qu'ils peuvent les traiter comme bon leur semble. L'Évangile réprouve ces maximes. La doctrine chrétienne enseigne que Dieu seul crée les âmes ; qu'ainsi, dans l'ordre de la filiation naturelle, les âmes qui viennent animer les corps sont indépendantes des ascendants. Donc, si Dieu seul les fait, elles n'appartiennent à aucun homme. Donc les parents ne sont point les propriétaires de leurs enfants ; donc le pouvoir paternel a ses limites ; donc l'enfant a les droits de sa liberté, liberté innée à son âme, à son humanité, et qui entre en exercice à l'âge de raison, quand il devient capable de discerner la vérité, de comprendre la loi et de l'exécuter. L'enfant a sa conscience, il a sa dignité, il a ses droits d'homme et de chrétien, que la paternité même doit respecter. Ainsi, en vertu de l'indépendance de son âme, il est libre au milieu de l'obéissance. Soumis à l'autorité des parents en ce qui concerne son éducation, son instruction, son développement physique et moral, et jusqu'à ce que l'âge et la loi l'aient émancipé, il reste cependant libre dans son for intérieur et dans ses rapports avec Dieu. Il a aussi sa réserve en face de l'autorité paternelle, dans les choses de la conscience et de la foi, et il peut toujours en appeler à Dieu. Ainsi, partout, l'Évangile, en faisant intervenir la souveraineté de Dieu, pose des limites à l'autorité humaine et donne des garanties à la liberté.

Je dirai la même chose de l'esclave dans ses rapports avec son maître. Le christianisme tend à affranchir l'esclave, et pourquoi? C'est qu'à ses yeux l'esclave est un homme comme tout autre, a la même origine, la même nature, la même fin, et cet homme a une âme, et cette âme, comme toute âme humaine créée par Dieu, ne relève que de lui. Et c'est pourquoi, même quand le corps est asservi, l'âme, au fond, reste libre; car elle est inaliénable. L'homme ne s'appartient pas à lui-même, et il ne peut jamais se donner tout entier; il peut louer ou vendre pour un temps ou pour toute sa vie l'usage ou le service de son misérable corps, tiré de la poussière, et qui est le domaine de son âme; mais louer ou vendre son âme, la propriété de Dieu, il n'en a pas le droit, il ne le peut pas. C'est pourquoi, même au milieu de l'ignominie de l'esclavage volontaire ou involontaire, quand le corps est sous le joug, la liberté de l'âme, sa dignité, surtout si elle est chrétienne, subsiste. L'esclave a aussi sa réserve, son refuge intérieur en tout ce qui se rapporte à sa foi, à ses convictions, à son salut. Aucune puissance humaine ne peut entrer dans sa conscience, et là il ne reconnaît d'autre maître que Dieu. L'Église n'a jamais employé la force ni même l'autorité pour détruire l'esclavage; elle a toujours respecté les droits acquis, mais en enseignant aux hommes qu'ils ont le même Père, qu'ils sont tous frères, membres de la même famille, et que tous, sans distinction, ils ont été rachetés par Jésus-Christ; et qu'ayant tous le même Sauveur, le même Seigneur, le même baptême et la même foi, ils ont aussi la même espérance et la même fin. L'Église, en jetant ces vérités dans le monde, en inspirant aux maîtres et aux esclaves une charité réciproque, a porté les maîtres à se relâcher de leurs droits, à traiter les esclaves comme leurs frères, à respecter en eux les droits et la dignité de l'âme, a porté les esclaves à se soumettre chrétiennement, à obéir avec résignation, avec patience, avec conscience, et ainsi, d'un côté comme de l'autre, par cette voie douce et intelligente, l'esclavage a été miné dans sa base, et l'affranchissement s'est convenablement préparé.

Enfin, et ceci se rapporte plus particulièrement à notre question, l'Église, en faisant connaître à l'homme son origine, sa nature, sa loi et sa destination, a proclamé par cela même l'indépendance de l'âme vis-

à-vis des gouvernements humains. Depuis l'établissement du christianisme, et en vertu de la foi chrétienne, il y a deux hommes dans le citoyen; il y a
l'homme du temps, l'homme du pays, le Français ou
l'Anglais; il y a l'homme de l'éternité, l'homme de
Dieu, le chrétien. En sorte que tout en faisant partie
d'une association terrestre, particulière, qu'on appelle peuple ou nation, chaque chrétien est aussi
membre d'une association plus étendue, d'une société
universelle, qu'on appelle *l'Église*. En même temps
qu'il appartient à un royaume temporel qui se nomme
France ou autrement, il appartient aussi à un royaume
spirituel, qui est le royaume de Dieu. Donc la souveraineté temporelle se trouve limitée par une souveraineté spirituelle. Comme chrétiens, nous ne sommes
plus voués tout entiers à la société politique où nous
vivons, nous ne sommes plus, comme les païens, les
victimes nées et presque les esclaves de la chose publique. Nous ne sommes point pour la société, et la
société est pour nous. Elle n'est plus la fin dernière
de notre existence terrestre, elle est le moyen d'une
fin supérieure et d'une vie plus haute. J'entre, et je
vis en société à la condition d'y trouver mon intérêt
véritable, mon véritable bien; mais à moi, chrétien,
mon intérêt est double. L'intérêt de la terre ou du
moment, c'est le bien du citoyen; mon intérêt éternel, mon salut, c'est l'intérêt de ma conscience, le
bien de mon âme pour l'éternité. J'ai ces deux grands
intérêts à satisfaire, et il faut que la société politique
m'y aide et m'en fournisse les moyens; je dois trouver en elle des ressources pour l'un et pour l'autre,

des moyens d'arriver à ces deux fins, ou au moins, ni sur l'un ni sur l'autre chemin, elle ne doit me jeter des obstacles. Si elle accomplit cette condition, je pourrai faire mon salut en chrétien, tout en accomplissant mes devoirs de citoyen. Mais si j'y trouve des empêchements à mes convictions chrétiennes, s'il s'y passe des choses que repousse ma conscience catholique, si l'on veut m'imposer, dans l'intérêt prétendu de l'État, ce qui répugne à ma foi, alors toute la liberté de mon âme se retrouve, toute l'indépendance du chrétien doit se manifester, et nous pouvons, nous devons dire avec les apôtres : *Non possumus*, nous ne pouvons pas.

Or, jamais les citoyens des républiques anciennes n'ont poussé la liberté jusque là, jamais ils n'ont osé dire à la société : Je ne le veux pas, je ne le puis pas. C'est qu'ils ne connaissaient pas cette liberté de l'âme que l'Évangile a enseignée aux hommes ; c'est qu'ils n'étaient point, comme nous, en communication avec le royaume du ciel ; c'est que, idolâtres de la patrie terrestre, qu'ils aimaient avec fanatisme et jusqu'à l'adoration, ils ne connaissaient point la patrie céleste avec sa lumière, sa gloire et son éternel bonheur. C'est que, séparés de Dieu et assis dans les ténèbres et à l'ombre de la mort, ils ne pouvaient participer à cette force surnaturelle qui nous élève au-dessus des intérêts de ce monde, au-dessus de nous-mêmes, et nous rend capables de dire aux pouvoirs les plus formidables de la terre et en face des bûchers, des glaives et des échafauds : *Non possumus*, je ne le peux pas, je ne le ferai pas ; vous prendrez ma vie, mais non ma conscience; vous aurez mon sang, mais vous n'aurez pas ma foi.

Il y a là, Messieurs, une grande liberté, une liberté nouvelle en face de la puissance du monde, même la plus légitime, quand elle excède ses droits et veut commander dans la sphère de la conscience et de la foi, où elle n'est point compétente. C'est que dans cette sphère toute spirituelle règne une puissance supérieure aux pouvoirs temporels. Là domine une loi qui dépasse toutes les lois humaines. C'est la loi même de Dieu, promulguée au Sinaï, enseignée par Jésus-Christ, proclamée et interprétée par l'Église qui en a le dépôt, et au nom de cette loi divine et par sa vertu, nous pouvons dire en conscience à toutes les puissances de la terre, rois ou peuples : Nous ne le pouvons pas, *non possumus;* car il faut obéir à Dieu plutôt qu'aux hommes.

L'Évangile a donc rendu un immense service à l'humanité, il a puissamment servi la cause de la liberté quand il a fondé une puissance spirituelle en face du pouvoir temporel, pour le maintenir dans ses limites, l'arrêter dans ses écarts, l'éclairer sur ses devoirs, l'avertir et le redresser au besoin. Depuis ce temps, la vérité, le droit, la justice, ont toujours eu un organe, un représentant dans le monde, au milieu du désordre et des violences des passions humaines. Aussi les puissances de la terre, même chez les peuples les plus chrétiens, ont tendu instinctivement, quand la puissance spirituelle les a gênés, à combattre, à diminuer, à entraver son influence; et celles qui se sont séparées de l'Église par l'hérésie ou par le schisme, s'emparant de cette influence, ont réuni les deux pouvoirs dans une seule main. Alors, par l'absorption de l'autorité spirituelle dans la puissance temporelle, a été constituée la plus énorme tyrannie, le despotisme le plus complet qui se puisse concevoir. L'homme est livré tout entier à un pouvoir unique, qui a deux faces, et qui parle tantôt d'une bouche et tantôt de l'autre, mais pour dire toujours au fond la même chose en deux langages, sa volonté, et quand on lui échappe d'un côté, il vous reprend de l'autre, en sorte qu'il n'y a plus d'asile à la liberté, plus de refuge à la dignité humaine. La conscience même n'est plus un sanctuaire impénétrable ; le pouvoir temporel y entre sous la forme ou plutôt sous le masque de la puissance spirituelle ; il poursuit la liberté dans sa plus intime retraite, et lui fait violence ou illusion.

Voilà, cependant, Messieurs, et j'abandonne cette pensée à vos réflexions, voilà ce que le protestantisme a fait au sein du christianisme, en refusant l'autorité légitime du chef de l'Église, pour soumettre les choses de la conscience et de la foi à l'examen et à la décision des rois et des peuples. Il reprochait aux souverains pontifes de se faire rois de la terre, et il a fait les rois de la terre souverains pontifes. Il s'est appuyé d'un vain prétexte, d'une accusation fausse, pour commettre les plus monstrueux attentats contre la liberté, en armant de la puissance spirituelle la force de ce monde, et par là il a fait reculer la civilisation de quinze siècles. Il l'a ramenée au paganisme, où triomphait cette confusion ; en sorte que depuis ce temps, là où trône l'hérésie, les peuples sont livrés à un pouvoir monstrueux, qui a deux natures et deux visages, qui parle au nom de la terre et au nom du ciel; espèce de minotaure qui, au milieu du labyrinthe de toutes les erreurs, égare leur conscience, tue leur dignité et se repaît de leur asservissement.

Voyez ce qui se passe au sein de l'hérésie ou dans le schisme, là où le pouvoir temporel s'est fait pouvoir spirituel. En vérité, Messieurs, on a peine à comprendre de nos jours une telle démence. En quoi, je vous le demande, les choses de la conscience, les choses de la foi, les choses du ciel peuvent-elles ressortir des puissances de la terre? Jésus-Christ n'a-t-il pas dit : Mon royaume n'est pas de ce monde? et comment veut-on expliquer les paroles du royaume divin, sinon par l'esprit même qui les a révélées, par l'esprit divin qui inspira les apôtres et qui assiste leurs successeurs? En vérité, les hommes sont bien punis par où ils ont péché! Ils ont réclamé la liberté religieuse; pour l'obtenir, ils ont refusé l'obéissance à l'Église, autorité indéfectible, toute spirituelle, établie par Dieu même; et qu'y ont-ils gagné? la servitude ou l'indifférence, c'est-à-dire la mort de l'âme des deux côtés. En s'arrachant des mains de Dieu et de son Église, ils sont tombés entre les mains des hommes. A l'autorité universelle, infaillible, toute morale, toute maternelle de l'Église, ils ont substitué, car il faut toujours une autorité, la volonté ou le caprice, la raison ou la déraison d'un homme, d'une femme, d'un enfant sur le

trône, la sagesse de quelques conseillers, la délibération d'une assemblée, et même les agitations de
tout un peuple; car on est arrivé, et on devait y arriver, jusqu'à constituer le peuple juge de la foi, et
le dogme s'est fait à la majorité des voix. C'est ici
que la démence porte tous ses fruits. Le peuple, la
masse des fidèles, qui doit être enseigné, dirigé par
la parole de Dieu conservée, interprétée et expliquée
par l'Église, c'est lui qu'on a fait ministre de cette
parole, apôtre, plus qu'apôtre, juge en dernier ressort de la parole de Dieu!

Vous avez entendu parler, Messieurs, de ce qui arrive en ce moment dans un pays voisin, qu'on appelle la terre classique de la liberté. Vous allez voir
comme on y entend en certaines choses la liberté de
conscience. Un évêché est vacant. La loi donne au
Chapitre le droit de nommer, mais il faut une permission du prince pour élire. La reine donne cette
permission, mais à la condition qu'on choisira le
candidat du gouvernement, et il existe une loi qui
déclare rebelle et menace de la destitution et de la
confiscation de ses biens tout chanoine qui votera
contrairement. Mais ce n'est pas tout. Le candidat à
l'épiscopat, qui a pour lui le gouvernement, a contre
lui les évêques, qui protestent contre sa nomination.
Il a contre lui la censure de la première Université du
royaume, signée par les théologiens les plus célèbres,
déclarant, après un examen de ses propres livres,
qu'il ne croit pas en Jésus-Christ et n'est pas même
chrétien. Qu'importe? la reine le veut; le gouvernement persiste, et le docteur repoussé par les évêques,

censuré par la Faculté de Théologie et déclaré non chrétien à la face du monde, sera évêque de l'Église anglicane de par la reine et son gouvernement! Et, au fait, pourquoi pas? la reine, en définitive, n'est-elle pas le chef suprême de l'Église?

Messieurs, si une pareille chose se passait dans un pays catholique, savez-vous ce qui arriverait? Si le gouvernement venait à dire à un Chapitre qui a le droit d'élire son évêque : Vous nommerez tel ou tel, sous peine d'être destitués et de voir vos biens confisqués ; savez-vous ce que ferait un Chapitre catholique? il s'abstiendrait de voter ; il protesterait au moins par son silence ; puis il aurait recours à son chef spirituel ; il en appellerait au Souverain Pontife. Le Pape parlerait à qui de droit, ou protesterait à la face du monde dans une de ces allocutions adressées à l'univers catholique, et je vous garantis que le pouvoir temporel reculerait. Voilà comment les choses se passeraient dans un pays catholique.

Vous rappellerai-je encore ce qui se fait en ce moment dans un autre pays protestant, longtemps présenté par les fauteurs de l'hérésie comme le modèle des gouvernements, comme le peuple le plus sage, le plus éclairé et le plus heureux de la terre, à cause de la religion qu'il professe. Le canton de Vaud était comme le paradis terrestre du protestantisme ; nulle part la piété chrétienne ne fleurissait avec plus d'éclat, et la liberté, sous toutes ses formes, s'épanouissait au soleil de la grâce sur cette terre de bénédiction. En un moment tout a changé, et il n'a fallu pour cela qu'un revirement de gouvernement, une petite révo-

lution, et comme, selon les maximes protestantes, le
prince ou le gouvernement, quel qu'il soit, est le
chef de l'Église nationale, le nouveau gouvernement
a fait une nouvelle Église, qu'il déclare l'Église or-
thodoxe; il a fait des dogmes, une liturgie, une discipline à sa façon, et il impose tout cela en vertu de
son droit divin, et comme chef de l'Église, à tous ses
subordonnés. Il veut qu'on prie à tel endroit et non
à tel autre, de telle façon, avec telles paroles et autant de temps qu'il lui plaira; il déclare rebelles tous
ceux qui ne veulent pas obéir à ses injonctions et se
rallier à l'Église nationale; il les destitue, les frappe
d'amendes, les exile, les persécute de toutes manières,
parce qu'ils ne veulent pas penser et prier comme
lui. Et voilà les hommes qui ont le plus déclamé contre l'inquisition, contre l'intolérance de l'Église catholique! les mêmes hommes qui ont le plus réclamé,
avec Luther et Calvin, la liberté de la raison individuelle dans les choses religieuses!

Enfin, Messieurs, après l'hérésie, regardez le
schisme, et voyez si la liberté de la conscience et la
dignité humaine ont gagné quelque chose à la réunion des deux pouvoirs dans la main terrible et sauvage des Czars. Considérez l'Église grecque, si magnifique dans les premiers siècles, si féconde en saints
et en docteurs, quand elle jouissait de la liberté de
l'Évangile et qu'elle vivait de la sève spirituelle de
l'Église mère et maîtresse de toutes les autres; voyez
ce qu'elle est devenue depuis sa séparation : un instrument gouvernemental dont le pouvoir temporel
use et abuse suivant les besoins de sa politique; une

servante de la puissance du siècle , qui la dégrade pour un morceau de pain ; une esclave, qui attend en tremblant que le maître lui intime ses volontés par l'un de ses soldats.

Voilà , Messieurs, comment l'hérésie et le schisme entendent et pratiquent la liberté. Rappelez-vous maintenant ce que, dans tous les temps , l'Église catholique a fait pour elle , comparez et jugez. Quel spectacle admirable elle nous offre dans son attitude en face de la puissance du siècle ! Elle est toujours là pour proclamer le droit, pour s'opposer à l'injustice, pour arrêter, autant qu'il est en son pouvoir, l'emportement des passions et la violence naturelle des puissances de ce monde. Elle ne cherche point à les entraver, elle ne les combat qu'avec regret, s'ils s'écartent des voies de Dieu ; et quand elle est obligée de les blâmer ou de protester, elle le fait toujours avec déférence , avec humilité , mais aussi avec courage et dignité. Certes , s'il y a quelque chose au monde qui favorise la liberté de l'esprit et garantisse la dignité humaine, c'est la souveraineté spirituelle de l'Église et de son chef, c'est cette puissance spirituelle qui n'a point d'égale sur la terre , puissance toute morale , toute intelligente, et qui dispose toutes choses comme la sagesse divine dont elle est le représentant ici-bas, avec force et douceur : *Omnia fortiter et suaviter.*

Il me reste à vous montrer, Messieurs, que l'esprit de l'Église catholique est identique à l'esprit de la liberté. Je le dirai rapidement. Je compare ces deux esprits dans leur essence même, sans m'arrêter aux formes et aux applications ; et en discernant ce qu'il y a de plus intime dans l'un et l'autre, je trouve qu'au fond ils constituent un même esprit.

En effet, qu'est-ce que l'esprit de l'Église? C'est l'esprit de Jésus-Christ, son fondateur, qui l'a transmis à ses apôtres et à leurs successeurs. Qu'est-ce que Jésus-Christ est venu faire dans le monde, et comment a-t-il accompli sa mission divine? Il est venu sauver ce qui était perdu, il est venu conquérir et racheter les âmes qui étaient dans la mort et dans la servitude du péché. Comment gagne-t-on les âmes? en les instruisant, en les éclairant, en les persuadant. Par quels moyens peut-on instruire et persuader? par la parole, et surtout par la parole appuyée de l'exemple. Jésus-Christ est donc venu sur la terre pour instruire les hommes par la parole du ciel, leur donner l'exemple des vertus qu'il leur annonçait, et confirmer son enseignement par sa vie et par sa mort. Il est venu instruire, guérir et sauver. Il a instruit par ses discours et par ses œuvres; il a guéri par la vertu divine qui sortait de lui; il a sauvé par l'effusion de son sang. L'esprit de Jésus-Christ est donc un esprit de douceur et de patience, qui triomphe par la persuasion et par la souffrance, et de là la vertu de son enseignement, de sa passion et de sa croix. Or, Jésus-Christ a envoyé ses apôtres comme il a été envoyé lui-même : *Sicut misit me pater, et ego mitto vos.* Les apôtres ont dû faire comme leur maître, qui leur a laissé son esprit; ils ont dû être doux de cœur, humbles comme lui, pleins d'amour et de dévouement pour leurs frères, prêts à tout accepter, à tout souffrir pour sauver les âmes. Ils ont dû employer les mêmes moyens pour les

6

convertir et les gagner, savoir : la parole et la patience. C'est donc toujours par la conviction, par la persuasion, par l'ascendant de la vérité que le christianisme a agi dans le monde. Le maître avait dit à ses apôtres : Je vous envoie comme des brebis au milieu des loups, pleins de douceur et de mansuétude au milieu des violences et des fureurs du monde, et cependant vous le vaincrez, vous en triompherez, vous le convertirez, car j'ai vaincu le monde : *Ego vici mundum;* et je vous envoie pour en achever la conquête. Vous ferez retentir ma parole jusqu'aux extrémités de la terre, et de toutes les extrémités de la terre les hommes se rassembleront, se réuniront dans une société universelle, dans la grande unité d'un corps spirituel qui sera mon Église.

Voilà l'esprit du christianisme et de l'Église. L'Église s'est conservée, développée, affermie par l'esprit qui l'a fondée. Dans tous les siècles elle a été forte, triomphante par la parole; elle a été puissante par l'autorité qui lui vient du ciel; elle a toujours enseigné et souffert; jamais elle n'a eu recours aux violences, quoiqu'elle les ait toutes endurées. Sa mission divine est de convaincre et de persuader; car elle a les paroles de la vie éternelle, elle possède l'éternelle vérité, et sa vocation est d'établir sur la terre la vie et la vérité. Or, Messieurs, la vie de l'âme, la vérité, ne s'impose point par la force; on ne prend pas les cœurs par la violence; les intelligences ne s'emportent point d'assaut. La vérité s'y introduit par la lumière, par la conviction, par la persuasion, par l'amour. Tous ces moyens sont purement spirituels, et ils se résument tous dans l'efficacité de la parole, qui est le grand instrument de l'esprit, le glaive spirituel, *gladius spiritûs*. La parole agit de deux manières, ou sur l'intelligence par les moyens de la raison et de la pensée, ou sur le cœur par le sentiment et l'émotion; elle éclaire ou elle touche, ou elle fait l'un et l'autre à la fois. Dans tous les cas, c'est une influence toute spirituelle, comme la vérité même qu'elle doit communiquer. C'est l'action de l'esprit sur l'esprit, de l'âme sur l'âme, et les esprits ne s'ouvrent que sous l'impression de la lumière; les âmes s'amollissent au contact de la chaleur de l'âme; semblables à ces fleurs qui cherchant instinctivement le soleil, s'ouvrent à ses rayons dès qu'elles en sont atteintes, boivent avidement sa lumière, s'en nourrissent, et referment leur calice aussitôt qu'il cesse de les éclairer. Ainsi s'ouvrent et se nourrissent les âmes dans la lumière et la chaleur du soleil des esprits. Ainsi a toujours fait l'Église, qui est le représentant, l'organe de Dieu sur la terre, et dont la mission est d'y répandre la lumière et la chaleur du ciel, de distribuer les grâces et les bénédictions d'en haut, de jeter dans le monde, qui est le champ de Dieu, les semences éternelles de la vérité.

Eh bien! et c'est la conclusion de ce discours, j'affirme que l'esprit de l'Église est l'esprit même de la liberté. Rappelez-vous ce qui a été dit précédemment, et je vous y ramène, parce que, dans une démonstration, tout doit s'enchaîner et se soutenir; l'esprit de la liberté, avons-nous dit, est un esprit de douceur qui ne doit employer que des moyens spirituels, moraux , intelligents. Car il n'y a de liberté que là où l'homme se décide par lui-même, quand il agit *par soi, motu proprio,* sans coaction extérieure, sans nécessité interne , donc par sa propre raison. Le principe de l'acte libre est dans la détermination propre, et pour qu'elle soit telle , elle doit partir de lui , du jugement de sa raison, du mouvement de sa volonté. Pour cela il faut que sa raison soit éclairée , que sa volonté soit touchée, et que son âme soit persuadée, en même temps que son esprit est convaincu. Ainsi s'accomplit l'acte libre. Or, vous le voyez, c'est aussi par la parole, par la force et la douceur de la parole que ces admirables effets sont produits, et ils ne peuvent l'être que par elle. Et ainsi, ce que l'Église fait dans l'ordre surnaturel pour sauver les hommes, c'est-à-dire pour les affranchir des liens du péché et les réconcilier avec Dieu , la vraie liberté politique le fait de son côté, à sa manière et par des moyens naturels, pour les sauver des servitudes de la terre et garantir leur dignité contre les passions et les violences des puissances du monde. Donc l'Église et la liberté ont la même tendance , savoir, d'amener les hommes à se gouverner eux-mêmes, raisonnablement, avec intelligence, avec conscience, de les rendre capables, en éclairant leur esprit et en formant leur volonté, de prendre la direction de leur propre existence, la liberté pour les choses de ce monde et l'Église pour celles de l'éternité.

Elles ont aussi le même procédé; car elles emploient l'une et l'autre les mêmes moyens, des moyens tout spirituels : le même instrument, la parole. Dans l'Église, rien ne se fait que par la parole, même les choses les plus sacrées. Dans le règne de la vraie liberté, tout doit s'accomplir par la parole, c'est-à-dire par la délibération, dont la parole est l'organe. Toute autre influence est contraire à la liberté et la dégrade; car elle tend à substituer à l'acte propre de l'esprit, à la détermination intelligente, la force aveugle de la matière ou de la nécessité. Enfin, l'Église et la liberté ont le même but, c'est de gagner les âmes, comme les âmes se gagnent (et quand on a l'âme de l'homme on a tout le reste), par la conviction, par la persuasion et par l'amour.

Après cela, Messieurs, vous ne serez plus surpris de notre affirmation si positive, que l'esprit de l'Église est l'esprit même de la liberté. Vous voyez maintenant que ces deux esprits sont identiques, ou plutôt que c'est un seul et même esprit, et c'est pourquoi nous avons proclamé que l'institution de l'Église catholique dans le monde a été l'institution même de la véritable liberté!... Mais je dis aussi en terminant, afin que cette pensée salutaire reste dans vos esprits et serve à vos méditations, si la vraie liberté existe dans le monde, si nous en avons l'idée véritable, inconnue à l'antiquité païenne, si nous jouissons des avantages et de la gloire de la liberté politique, d'une liberté vraie, généreuse, qui n'exclut personne et qui ne suppose ni l'esclavage, ni l'ilotisme, c'est à l'Évangile que nous le devons; c'est par l'esprit du christianisme seul qu'elle peut se développer et s'affermir; c'est l'Église catholique qui l'a fondée et qui la maintiendra. Oui, Messieurs, elle a fait cette grande œuvre, et elle la continuera comme elle l'a commencée, avec douceur, mais avec force. Elle y met des siècles, parce qu'elle est éternelle; elle prend son temps pour affranchir les peuples, parce que les choses de la Providence n'arrivent qu'au terme marqué. Les fruits de la liberté, comme tous les fruits de la terre, ne sont bons et salutaires qu'à leur point de maturité. Elle sait que la violence, qui détruit en un moment, ne peut rien fonder; ou si elle établit soudainement, avec tous les efforts des hommes, et comme par magie, l'instant qui va suivre verra crouler l'édifice sans base.

L'Église ne renverse jamais ce qu'elle a édifié; c'est pourquoi elle construit lentement et sur des fondements inébranlables. Elle avance doucement, mais jamais elle ne recule : c'est la condition du vrai progrès. Et quand nous affirmons, Messieurs, qu'elle a introduit dans le monde la vraie liberté, nous ne voulons pas dire qu'elle a donné aux nations des chartes, des constitutions et des lois politiques. Ce n'est point là sa mission; elle n'a point été instituée pour gouverner la terre ni pour réformer les gouvernements humains, pas plus qu'elle n'établit des systèmes de philosophie ou des théories scientifiques, quoiqu'elle possède l'éternelle Vérité, source de toutes les vérités. Elle est faite pour enseigner à la terre les choses du ciel, *omnia quæcumque mandavi vobis docete*. Elle jette dans le temps les paroles de l'éternité comme des semences impérissables et fécondes, et avec les siècles ces semences lèvent, se développent et fructifient. Elle répand sur les hommes l'esprit de Dieu,

que lui a envoyé son divin maître, et l'esprit de
Dieu renouvelle la face de la terre partout où il est
reçu. Esprit de sagesse, d'intelligence, de science, il
pénètre, illumine, vivifie tous les enseignements humains sans se laisser enchaîner par leurs formes;
esprit de force et de liberté, il se mêle aux institutions de la terre sans s'y fixer; il les pousse en avant,
les anime, les perfectionne par un progrès continu et
sûr; il donne aux gouvernements l'autorité véritable;
il inspire aux peuples le sentiment et le désir de la
liberté vraie. Par lui, et par lui seulement, les rois et
les peuples pourront se comprendre et se tendront la
main; et ainsi s'opèrera par degrés, doucement, mais
avec fermeté, si les hommes ne dérangent pas les
voies de Dieu, le véritable affranchissement de l'humanité.

QUATRIÈME CONFÉRENCE.

LE DOGME CHRÉTIEN EST LE PRINCIPE DE LA VRAIE LIBERTÉ POLITIQUE.

————◦◦————

MONSEIGNEUR,
MESSIEURS,

Dans notre dernière conférence, nous avons voulu prouver deux choses : d'abord, que l'institution de l'Église catholique est l'institution même de la vraie liberté dans le monde ; en second lieu, que l'esprit de l'Église est identique à l'esprit de la liberté. Nous avons prouvé le premier point, je crois, en montrant que la puissance spirituelle qui, jusqu'à l'Évangile, avait été absorbée par le pouvoir temporel, a été fondée et réalisée par l'Église d'une manière indépendante. L'Église a dit à la terre : J'ai reçu une puissance qui ne vient point de ce monde ; elle s'étend sur toutes les âmes créées par Dieu et rachetées par Jésus-Christ. L'âme, qui est faite par Dieu, à son image, ne relève que de Dieu, ne doit obéir qu'à Dieu, et, ainsi, partout où l'homme se trouve, quelle que soit sa position sur la terre, il a une indépendance inaliénable, l'indépendance de son âme de tout autre que Dieu. De là l'affranchissement de l'âme humaine dans la famille et dans l'État. Dans le mariage, la femme chrétienne peut tout donner, excepté son âme. L'âme de l'enfant n'appartient point aux parents; elle est, entre leurs mains, un dépôt, et non une propriété. L'homme peut être asservi dans son corps, jamais dans son âme; et enfin, le citoyen ne doit l'obéissance à César qu'à la condition de rendre d'abord à Dieu ce qui est à Dieu.

Nous avons prouvé le second point, en vous montrant que l'esprit de l'Église et l'esprit de la liberté ont la même tendance : apprendre à l'homme à se gouverner lui-même, par sa conscience, par sa raison, dans la vie publique et dans la vie privée, pour les choses de la terre et pour celles de l'éternité; qu'ils emploient le même instrument, la parole, le même procédé, la conviction, la persuasion; qu'ils ont la même fin, gagner les âmes comme les âmes se gagnent, par la lumière et par l'amour.

Maintenant, nous avons à vous démontrer que la doctrine de l'Église catholique est essentiellement favorable à la liberté. Sa doctrine est dogmatique et morale. Aujourd'hui nous ne considérerons que le dogme. Ici, Messieurs, je réclame toute votre attention, le sujet est très-élevé et très-ardu; il n'est pas facile de parler scientifiquement des vérités surnaturelles qui surpassent la raison. Je vous demande aussi un redoublement de bienveillance, vous priant de suppléer par votre intelligence à ce qui pourrait manquer dans une matière aussi grave à une parole soudaine, et de réparer par votre foi les inexactitudes presque inséparables d'un discours improvisé. Quoi qu'il en soit, je désavoue d'avance toute expression peu exacte.

Les dogmes sont des vérités révélées, définies par l'Église, et qu'elle propose à notre foi. Or, je dis que le dogme chrétien, tel que l'Église catholique l'a formulé et proposé à la foi des hommes, est essentiellement favorable à la liberté. Je vais même plus loin, j'affirme qu'il est la source de la liberté moderne. Peut-être, Messieurs, au premier abord, serez-vous surpris de cette assertion; car on n'a pas l'usage de faire descendre le dogme à ces applications. Cependant, cela n'est point défendu; et si, en posant le dogme dans toute sa rigueur, dans toute sa vérité, en ne l'altérant aucunement dans son esprit ni dans sa forme, nous pouvons creuser par l'intelligence dans cette mine si profonde et en faire jaillir une source de lumière, à coup sûr, Messieurs, personne ne nous blâmera, et vous nous en saurez gré.

Le dogme nous enseigne deux sortes de vérités : les unes qui dépassent la raison, et que l'homme n'eût jamais connues sans la parole révélée ; les autres que la raison peut connaître, et qui nous deviennent plus claires et plus certaines, quand, à la lumière naturelle de l'esprit de l'homme, vient s'ajouter la lumière surnaturelle de l'esprit de Dieu. C'est ce qui arrive, Messieurs, dans ce que nous pouvons savoir sur la nature de Dieu et sur celle de l'homme. Le dogme catholique nous apprend sur Dieu des vérités que la raison ne peut atteindre. Il nous en enseigne d'autres, qu'elle peut saisir, mais il nous les fait mieux connaître, plus complétement, avec plus de lumière, plus de solidité, c'est-à-dire qu'il ajoute la certitude de la foi à celle que la raison peut obtenir par ses propres moyens.

La raison par elle-même ne sait rien de la nature de Dieu, et n'en peut rien savoir. Je dis de la nature, et non pas de l'existence, à laquelle elle peut s'élever par les procédés rationnels, qui remontent de l'effet à la cause ou de la conséquence au principe. Le dogme chrétien seul nous a fait connaître Dieu en soi, dans son être, dans son essence, *ad intrà*, comme disent les théologiens. Il nous a révélé la première de toutes les vérités, qui nous paraît bien simple aujourd'hui, à nous, qui avons été élevés chrétiennement, bercés dans les bras de l'Eglise et nourris de son lait, instruits de sa langue maternelle, qui est la langue du Ciel, dès notre baptême; et cependant cette vérité si simple, source de toutes les autres, a échappé à toutes les religions et à toutes les philosophies de l'antiquité païenne. C'est que Dieu est *Celui qui est,* l'Être par excellence, l'Être universel; et l'Être universel est un pur esprit, sans corps, sans mélange de matière. Si Dieu est pur esprit, il est purement intelligent; car la propriété principale de l'esprit est de voir, de savoir, de connaître. S'il est intelligent, il est libre, car vous ne pouvez pas concevoir l'intelligence sans la liberté : le propre de l'intelligence, de la raison, étant de se déterminer par un mouvement propre, sans coaction et sans nécessité. S'il est l'Être universel, il est un esprit universel, infini, une intelligence sans limites, qui voit tout, qui sait tout, et qui est souverainement indépendante, et, au même titre, il est la suprême liberté, puisque, n'ayant personne au-dessus de lui, ne relevant d'aucune autre puissance, n'étant limité par rien, il a en soi, dans sa volonté, la raison unique de son acte, la source de sa puissance et de sa vie.

A ce premier dogme, qui pose d'une manière si nette la nature spirituelle de Dieu, l'Église en ajoute un autre, qui explique cette nature dans ce qu'elle a de plus intime, et nous fait entrer dans le for intérieur de la vie divine. C'est le mystère de la très-sainte Trinité. Je dis, Messieurs, que ce mystère, qui a été dans tous les temps un scandale, une pierre d'achoppement pour la raison naturelle, est une conséquence nécessaire de la nature même de Dieu et du premier dogme qui nous l'a révélée. Je dis qu'il est impossible de concevoir Dieu, l'Être universel, l'esprit infiniment intelligent et souverainement libre, sans le concevoir comme l'Église le propose à notre foi et à notre amour dans le mystère de l'adorable Trinité.

En effet, Messieurs, avant la création, Dieu, l'Être universel, vivait uniquement en lui-même, se suffisant à lui, et n'ayant besoin de personne, ni pour sa conservation, ni pour sa gloire. Il vivait donc uniquement en face de lui, dans la conscience de lui-même, se connaissant, et dans l'acte de se connaître, se posant à la fois en sujet et objet de sa connaissance : sujet, en tant qu'intelligence infinie ; objet, en tant qu'Être universel ou infinie vérité. En se connaissant, il s'aime nécessairement, puisqu'il est le bien suprême, objet du suprême amour ; et là encore, dans sa volonté, il est sujet-objet, sujet aimant, objet aimé, identiques par leur essence et cependant distincts par la relation. On ne peut pas concevoir un être intelligent sans l'exercice de la conscience, et l'acte de la conscience caractérise la personnalité. Donc, tout esprit est un être personnel. Donc Dieu est, par la nécessité de sa nature, un être personnel ; donc, comme tel, il a conscience de lui-même, et vit *ad intrà* dans sa conscience, c'est-à-dire qu'il se voit, se connaît, s'aime d'une vue, d'une connaissance, d'un amour infini ; il se pose nécessairement dans sa conscience en sujet-objet, en image de lui ; il se contemple et s'aime dans cette image de lui-même, *la figure de sa substance* (*figura substantiæ ejus,* Hebr. I, 3,), et ainsi, on ne peut le concevoir comme esprit, comme intelligence, comme volonté libre, sans concevoir trois termes, le sujet, l'objet et leur rapport substantiel, que le langage exact de l'Église appelle trois personnes, identiques par la substance et distinctes par leur relation. En sorte que le mystère de la sainte Trinité est la formule sublime de la conscience divine, l'expression de la vie même de Dieu dans son rapport avec Lui-même, l'énoncé du procédé vital de l'Être universel, du Dieu vivant, et par conséquent la loi suprême à tous les degrés, et avec des formes diverses, de tout ce qui a conscience et vie dans l'univers.

Mais ce n'est pas tout, Messieurs. Le dogme catholique, qui nous révèle ce que Dieu est en soi,
ad intrà, un esprit universel, une liberté souveraine,
qui, dans la conscience de Lui, est un et triple
tout ensemble, nous a aussi appris ce qu'il est
hors de lui, dans son opération *ad extrà*, c'est-à-
dire dans la création. La parole sacrée nous enseigne
qu'il a créé le ciel et la terre, et qu'il les a créés de
rien. Donc l'acte créateur est souverainement indépendant, et c'est justement en cela que l'acte de
créer se distingue de tout autre acte; il n'a besoin
de personne ni d'aucune chose. Il fait être ce qui
n'était pas auparavant; il dit, et les choses sont : *dixit
et facta sunt..., fiat lux et facta est.* Cette idée vraie
de la création, qui nous est familière aujourd'hui,
parce que l'Église nous l'enseigne dès l'âge le plus
tendre, parce que, comme enfants de Dieu, nous
avons appris à lire avec les paroles et les mystères du
Ciel, savez-vous bien que les plus grands philosophes de l'antiquité ne l'avaient point, ne la soupçonnaient même pas, et c'est pourquoi ils ont inventé
tant d'erreurs sur Dieu, l'homme et le monde. Savez-
vous bien que sans une idée exacte de la création,
il est impossible d'avoir une notion exacte de Dieu,
et que toute notion inexacte de Dieu entraîne des
abîmes d'erreurs et de désordre, fausse les esprits et
pervertit les volontés. Cherchez dans Platon, dans
Aristote, dans les philosophes les plus éminents du
paganisme une explication tant soit peu raisonnable
de la création, et vous ne la trouverez pas. Au fond
de toutes leurs théories vous retrouvez toujours une

matière primitive, incréée, qui fournit au grand artiste les matériaux de ses œuvres, et qu'il doit dompter par sa puissance et façonner par son art ; en sorte que vous êtes toujours placé entre deux grandes absurdités, celle d'une matière éternelle comme Dieu, et ainsi de deux éternels en face l'un de l'autre et dans une lutte perpétuelle ; ou l'absurdité de la consubstantialité de la matière avec Dieu, qui l'objective, ou plutôt s'objective lui-même nécessairement par la création. Manichéisme ou panthéisme, voilà les deux aboutissants de la métaphysique païenne, voilà l'alternative où la philosophie avait laissé le monde avant l'Évangile.

L'Église, d'un seul mot, a dissipé ces erreurs. La parole divine qu'elle propose à notre foi nous apprend que Dieu a tout créé de rien. L'idée de la création, impénétrable à la raison humaine, nous est donc venue du Ciel, et elle manifeste la souveraine liberté de Dieu. Rappelez-vous ce qui dominait le monde païen. Au fond de sa mythologie, de ses cosmogonies, de sa vie publique et privée, on trouve la fatalité, le destin, l'inflexible Némésis, un je ne sais quoi d'aveugle et de nécessaire qui s'impose à la liberté humaine. Tous les dieux, même le plus puissant, Jupiter, sont assujettis à cette divinité inconnue, et toute la création suit fatalement ses lois inexorables : en sorte que, avant l'Évangile, l'humanité se croit sous le joug du destin, et son histoire est un grand drame où la liberté, aux prises avec la fatalité, se débat vainement et succombe. Triste reflet dans la conscience des hommes de l'anathème auquel les avait livrés le péché d'origine, et qui pèse lourdement sur la tête des peuples auxquels les promesses de Dieu n'ont pas donné la foi et rendu l'espérance. Depuis l'Évangile, au contraire, c'est la liberté qui domine le monde. La grande libération opérée par Jésus-Christ s'accomplit lentement, sous toutes les formes, à travers les siècles. La fatalité a été vaincue quand la cédule de l'anathème a été déchirée sur la croix. A la suite du Rédempteur, la société moderne est entrée dans la voie de la liberté véritable, et c'est pourquoi vouloir ressusciter aujourd'hui la liberté politique des anciens et l'appliquer aux nations chrétiennes, c'est faire un singulier anachronisme, c'est rétrograder de dix-huit siècles.

Cet univers que Dieu a créé de rien, il l'a fait parce qu'il l'a voulu, et quand il lui a plu, *stat pro ratione voluntas*. Ici brille dans tout son éclat la liberté divine que les païens n'ont jamais comprise. Cherchez dans les documents antiques les raisons de l'origine du monde, de la création, et vous ne trouverez que des fables plus ou moins ingénieuses, qui n'expliquent rien, sinon la croyance généralement répandue d'un *fatum* obscur, dont elles sont les symboles. Demandez aux philosophes païens, anciens et modernes, la raison de la création, et tous vous répondront plus ou moins obscurément par la nécessité. Le monde, à leurs yeux, est l'effet inévitable de la puissance et de l'activité divine : car Dieu, qui est la cause suprême toujours en acte, ne peut pas ne pas produire, et ainsi le fini ou le créé est une émanation, un écoulement, une dérivation, une production né-

cessaire de l'infini, c'est-à-dire l'infini développé ou
se manifestant. Voilà pourquoi on a dit de nos jours
qu'on ne peut pas plus concevoir Dieu sans le monde,
que le monde sans Dieu : c'est le panthéisme. La
doctrine chrétienne l'a renversé par cette simple parole : Dieu a tout créé de rien, et parce qu'il l'a
voulu.

Ce monde que Dieu a fait de rien et librement, il
le gouverne par sa Providence. Ce mot de Providence
est encore un mot chrétien. Au temps de Cicéron, il
n'existait pas dans la langue latine; il a été formé aux
premiers rayons du soleil de l'Évangile. C'est que les
païens ne connaissaient pas la chose qu'il exprime, savoir : la liberté souveraine de Dieu, qui gouverne par
sa puissance et par sa sagesse l'univers, qu'elle a fait
de rien, et parce qu'elle l'a voulu. Telle est, Messieurs, l'idée de la Providence : une puissance souveraine qui dirige par une sagesse infinie, et pourvoit à
tout sans être nécessitée ni enchaînée par rien. Dieu
n'est point lié par les lois éternelles de la création, car
il les a faites; il peut y déroger, les suspendre en des
cas particuliers; il peut, au milieu du cours ordinaire
des choses, intervenir par un acte extraordinaire de
sa volonté. C'est ce qui produit les miracles. La liberté
divine, qui est au sommet de l'univers, qui gouverne
tout, s'adjoint la liberté de l'homme dans la direction
des choses de la terre, dans l'administration du
monde. Car il a placé l'homme ici-bas comme son
représentant, comme son délégué; il lui a donné la
terre à cultiver. Dieu, dit saint Augustin, qui a
pu nous créer sans nous, ne peut nous sauver sans

nous. Il faut que nous y concourions par notre volonté ; toute la grâce du Ciel ne peut nous y contraindre ; et ici je proteste encore une fois, comme je l'ai fait naguère, en faveur de la liberté de conscience, comme l'Église l'entend. On reproche à l'Église d'obliger à croire : cela est faux. L'Église n'oblige pas à croire ; mais elle propose ce qu'il faut croire pour être sauvé. Elle dit à tous les hommes, comme Jésus-Christ disait aux malades qui réclamaient son secours : Pouvez-vous croire, voulez-vous être guéri, *visne sanus fieri?* Voilà les conditions de la santé et du salut. Vous êtes maîtres de les accepter ou de les refuser ; vous pouvez dire oui ou non au ciel ou à l'enfer. Vous pouvez vous allier à Dieu ou à son ennemi ; votre liberté vous en donne la puissance, et rien ne peut forcer votre acte libre. Là, au fond de votre conscience, entre le bien et le mal, vous êtes arbitre souverain. Donc, et c'est le résumé de ce développement, à l'encontre du paganisme mythologique ou philosophique, qui faisait de la fatalité le principe, la raison et la fin de toutes choses, et qui ainsi ne pouvait produire que l'esclavage ou une fausse liberté, l'Église catholique, par son dogme, pose au centre de l'univers, et partout pour le gouvernement du ciel et de la terre, la liberté : la liberté suprême et absolue de Dieu, la liberté relative et conditionnelle de l'homme ; et c'est pourquoi elle a donné au monde la vraie liberté.

Considérons maintenant ce que le dogme catholique nous enseigne sur l'homme et ce qu'il ajoute par sa lumière divine à ce que notre raison peut déjà en

savoir par ses propres lumières. La doctrine chrétienne nous dit sur l'origine de l'homme, sur sa nature, sa loi et sa fin, des choses que les autres doctrines n'ont jamais sues et n'ont pu enseigner. Et d'a-
bord, que savons-nous naturellement de l'origine de
l'homme? Notre raison ne peut y remonter ni par
l'induction des faits, ni par les documents de la tradition. Réduite à elle-même en cette question, elle
est livrée aux hypothèses, à l'esprit de système, et
de là les opinions fausses, les théories erronées dont
les conséquences extrêmes vont fausser la religion, la
morale et la politique. Ainsi, par exemple, si vous
posez en principe (et ce prétendu principe serait une
pure hypothèse) que les hommes sont venus primiti-
vement de plusieurs souches et sur différents points
de la terre; que les diverses races sont autochthones
et sans relations par leur origine, sans liens réciprò-
ques de famille, sans dérivation d'une même unité,
alors, qui nous empêchera de conclure qu'une race
est inférieure à l'autre par sa nature, et qu'ainsi,
par le vœu même de la nature, par le droit naturel, l'une est appelée à régner et l'autre à servir?
Du reste, ce que je suppose ici, les plus grands philosophes de l'antiquité l'ont dit. Écoutez ce qu'Aristote a écrit, Aristote, le génie de la logique, la raison la plus puissante peut-être qui ait jamais pensé
sous le soleil, Aristote, que l'école appelle encore
le prince de la philosophie. Eh bien! ce prince de la
philosophie a écrit ces paroles : *Les uns sont naturel-*
lement libres et les autres naturellement esclaves, la
nature même le veut... Il y a peu de différence dans

les services que l'homme tire de l'animal et de l'esclave[1]. Voilà, Messieurs, ce que le plus grand philosophe du paganisme pense de la liberté humaine. La
nature, selon lui, a fait les uns pour être libres et les
autres pour être esclaves. Je vous cite ses propres
paroles, pour vous faire comprendre où en est la raison naturelle dans ces hautes questions, quand elle
est réduite à elle-même, et ce que nous deviendrions
dans notre dignité, dans notre liberté et dans notre
bonheur, si nous étions abandonnés aux philosophes.
Et le divin Platon, cette intelligence si élevée,
l'homme des idées pures, de la contemplation sublime, le génie de la spiritualité antique, savez-vous
ce qu'il pensait de l'esclavage, et comment il voulait
qu'on traitât les esclaves? Écoutez ce qu'il dit dans
le livre des lois[2] : « *Si un citoyen tue son esclave, la*
loi déclare le meurtrier exempt de peines, pourvu
qu'il se purifie par des expiations ; mais si un esclave
tue son maître, on lui fera subir tous les traitements
qu'on jugera à propos, pourvu... » Ici, Messieurs,
vous attendez peut-être une restriction d'humanité,
un adoucissement au supplice qui préserve au moins
la vie du malheureux esclave ; non, c'est au contraire, un redoublement de cruauté ! « *Pourvu qu'on*
ne lui laisse pas la vie. » Voilà l'humanité, la charité
de la philosophie ! Mais remarquez bien qu'en vous
citant ces paroles textuelles de philosophes, je ne
veux point accuser les hommes. C'est la philosophie

---

[1] Polit., liv. II, chap. II, §§ 14 et 15.
[2] Des Lois, liv. IX.

elle-même que je juge; je veux vous faire voir ce qu'elle est, ce qu'elle fait en général et jusqu'où elle peut aller, ou plutôt descendre, quand, réduite aux forces naturelles de la raison, elle n'est point éclairée par la lumière du Ciel.

Ces maximes ont régné dans la civilisation ancienne jusqu'à l'établissement du christianisme, jusqu'à ce que l'Évangile ait commencé à luire dans le monde et à dissiper ces nuages de l'erreur par les rayons naissants de sa lumière. Alors, un des philosophes les plus distingués de l'époque, écrivain remarquable et personnage considérable de son temps, Sénèque, qui parlait si bien et qui, dit-on, agissait quelquefois si mal ; le philosophe Sénèque a osé, le premier d'entre les païens, écrire cette phrase : *Inter nos cognationem quamdam natura restituit :* La nature a établi entre nous une certaine relation de famille, une espèce de parenté. Cette phrase fut jugée très-hardie en son temps. Après lui le jurisconsulte Florentinus affirme timidement que l'esclavage est un établissement du droit des gens contre nature, *contra naturam,* et le célèbre Ulpien, après plusieurs siècles de christianisme, en vient enfin à dire ces paroles : *Quod ad jus naturale attinet, omnes homines æquales sunt. — Jure naturali omnes liberi nascuntur.* Qui a détruit, Messieurs, ces erreurs monstrueuses, si dégradantes pour l'humanité? la doctrine chrétienne, qui enseigne que tous les hommes ont la même origine, qu'ils descendent des mêmes parents, et que l'âme de chaque homme est créée par Dieu. Donc ils ont tous le même père au ciel et sur la terre, ils sont tous frères, ils ont la même nature, donc les mêmes droits, et ainsi s'établit sur la terre la confraternité de tous les hommes, de tous les peuples, comme conséquence nécessaire de cette vérité, qu'ils ont tous la même origine. Mais il fallait que Dieu lui-même vînt dire cette vérité à la terre. Elle ne l'aurait jamais sue sans la révélation. Sans la parole révélée, l'abomination de l'esclavage aurait persisté dans le monde avec la supériorité naturelle de certaines races et le préjugé établi par les philosophes, qu'il y a des hommes nés pour être esclaves, et qu'ainsi l'esclavage est de droit naturel. Vous voyez par cet exemple jusqu'où vont les conséquences extrêmes de principes erronés, et comment l'asservissement de l'homme et la dégradation de l'humanité peuvent se trouver au bout d'une mauvaise doctrine philosophique.

D'après le dogme chrétien, les hommes ayant tous la même origine, ont la même nature. Mais quelle est cette nature? La philosophie païenne n'a pas su nous le dire, et c'est le dogme chrétien qui nous l'apprend. L'homme est composé de deux substances, l'une spirituelle, l'autre matérielle. Ces deux substances, unies par la vie, constituent la nature mixte qu'on appelle humanité, et cette nature, composée de deux éléments, de deux parties si différentes, se résume dans l'unité de la personne humaine. L'homme, par conséquent, n'est ni un esprit pur, ni un animal. Les lois de l'esprit pur ne lui conviennent donc pas plus que les lois de l'animalité. Si donc, comme Platon, nous faisons de l'homme une pure intelligence, et si nous voulons le gouverner comme tel, nous le jetons hors de sa voie, et ainsi notre spéculation, si sublime qu'elle soit, n'aboutira qu'à une morale fausse et à une politique détestable. C'est la source des erreurs de Platon. Si, comme Épicure, nous faisons de l'homme un animal et le traitons en conséquence, nous corromprons encore ses voies et nous l'avilirons, nous le dégraderons. C'est l'origine des erreurs et des ignominies du matérialisme. La saine morale, la bonne politique sont donc des corollaires de la connaissance véritable de l'homme et de l'idée vraie qu'on se fait de sa nature. Le dogme chrétien nous a donné cette idée vraie par une explication exacte de l'homme, et ainsi, sous ce rapport déjà, l'Évangile a rendu un immense service à la philosophie et à la société. Il nous a appris ce que nous sommes dans notre nature intime, dans notre humanité, et nous mettant juste en notre place et à notre rang, il nous a préservés de l'exaltation de l'orgueil d'un côté, et de l'entraînement à la dégradation de l'autre. Par les deux parties essentielles de notre existence, l'âme et le corps, nous touchons à toutes choses, nous communiquons avec tout l'univers, avec Dieu, avec les intelligences par notre esprit, avec la matière et le monde sensible par notre corps. L'homme, par sa nature, est comme un médiateur entre le règne de l'esprit et celui de la matière, et voilà pourquoi le Verbe divin, le médiateur universel qui devait réunir ce qui était divisé et réconcilier le ciel avec la terre, a daigné, pour accomplir sa haute mission, assumer la nature de l'homme et revêtir sa forme. Voilà comme l'Évangile nous enseigne la gran-

deur de notre nature et relève notre dignité! Dans
l'association, dans l'union des deux substances qui
constituent cette nature, il y a hiérarchie et fonction
propre à chacune en raison de sa nature propre.
L'âme doit diriger le corps, lui commander, parce
qu'elle est intelligente et libre; le corps doit obéir et
exécuter les ordres de l'esprit, parce qu'il est aveugle et inerte; et ainsi, dans tout ce que vous êtes,
dans tout ce que vous faites, par cela que vous êtes
un homme, les deux parties constitutives de la nature humaine doivent avoir leur part, l'âme intelligente et libre comme chef, le corps comme instrument par lequel elle agit sur le monde matériel pour
le cultiver, le façonner et le gouverner.

Si nous avons le même principe et la même nature,
nous avons aussi la même loi. La doctrine chrétienne
nous l'apprend. Puisque nous avons le même père,
nous sommes tous frères, membres de la même famille, selon l'esprit et selon la chair; et si nous sommes frères, nous avons les mêmes droits dans la famille devant le père commun. Nous sommes donc tous
soumis à une même loi, la loi de la famille humaine,
qui dérive du rapport essentiel de l'humanité avec
Dieu. Donc, par notre nature et selon la loi divine,
nous sommes tous égaux devant Dieu; je dis par notre nature et non par nos facultés, par nos puissances,
par nos forces, et par conséquent par notre position
extérieure, et par toutes les circonstances de ce
monde, qui varient à l'infini dans la multitude des
hommes, bien qu'au fond la nature reste la même en
tous. De là, Messieurs, l'égalité devant la loi politi-

que, devant la loi civile, conséquence nécessaire, application inévitable de l'égalité devant la loi divine, de l'égalité de tous les hommes devant Dieu. Et là aussi il faut distinguer soigneusement l'égalité de droit de l'égalité de fait. La première, qui répond à l'égalité de nature, subsiste, comme elle, au milieu de la multiplicité des inégalités sociales ; car elle consiste dans la puissance donnée à chacun de tout acquérir, et non dans la distribution égale du tout à chacun. Ainsi le dogme catholique a enseigné à la société moderne la véritable égalité.

Encore un mot sur cette grande question. La doctrine chrétienne nous a éclairés, fixés sur la fin dernière de l'homme, et en vérité, nous en avions besoin ; car je ne sache pas que la philosophie nous ait donné beaucoup de lumières sur cet objet. Demandez à Platon, à Aristote, où nous allons, quel est le terme de l'humanité, l'aboutissant de la vie humaine ; demandez-le à toutes les philosophies du monde qui ne boivent pas aux sources de la foi chrétienne, et vous aurez des réponses vagues, obscures, contradictoires. Interrogez la science moderne, qui devrait être plus avancée, puisqu'elle est plus vieille de plusieurs milliers d'années, et encore, elle vit dans l'atmosphère chrétienne, et participe indirectement, quoique indifférente ou incrédule, à la lumière céleste qui nous éclaire. Car, Messieurs, il en est de l'atmosphère morale du monde comme de son atmosphère physique. Dans les ténèbres de la nuit, au milieu de la plus grande obscurité, il y a encore de la lumière diffuse, qu'un organe délicat peut percevoir, et qui lui éclaire les objets. Mais , dans l'ordre moral , pour voir les choses intelligibles , et surtout les choses surnaturelles , la subtilité de l'œil de l'esprit est en raison de la pureté, de la sincérité du cœur. Avec les yeux de la foi , on voit clair au milieu de l'obscurité du mystère; on voit clair assez pour se conduire , pour aller au but, et c'est l'important ; pas assez pour savoir, pour jouir de sa science , et ce n'est pas nécessaire. Mais celui en qui cet œil intérieur n'est pas ouvert, ou qui manque du sens de la lumière surnaturelle, celui-là n'y voit rien, et c'est pourquoi, en général, nos philosophes y voient si peu.

Un jour, dans un salon et devant une nombreuse compagnie, un philosophe du jour, et des plus distingués , dissertait tout au long sur la perfectibilité humaine et sur les moyens de la réaliser. Il expliquait avec complaisance la série indéfinie des évolutions , des transformations qui constituent le développement humanitaire, avec toutes les vicissitudes qu'il doit subir, toutes les péripéties qui peuvent le retarder ou l'accélérer. Mais , au bout de son discours, qui était fort beau du reste, n'arrivait point cette conclusion nette, précise, que chaque âme réclame avec ardeur, et qui doit l'instruire du terme de ses travaux et de la fin dernière des agitations humaines. Le philosophe parlait beaucoup, développait sans mesure et ne concluait rien. Enfin, une femme d'esprit, et surtout de bon sens, l'interrompit avec un peu d'impatience. Mais , Monsieur, lui dit-elle, où arriverons-nous donc après tant de chemin? que deviendrons-nous? que serons-nous après toutes vos

évolutions, toutes vos transformations? quel sera le
terme de toute cette métempsychose? aurons-nous
enfin un point de fixité, un lieu de repos? en finirons-
nous d'une manière quelconque? Le philosophe, un
peu surpris, réfléchit un instant, puis il repartit avec
humeur : Ma foi, Madame, comment voulez-vous que
je vous le dise? Est-ce que je suis le bon Dieu? Cette
parole, échappée à la conscience du philosophe, est
admirable de vérité. En effet, il faut être le bon Dieu
pour dire ces choses, et c'est pourquoi, comme nous
avions besoin de les savoir, Dieu nous les a dites, et
lui seul pouvait les enseigner au monde. Platon l'a
affirmé quelque part, et Cicéron, je crois, l'a répété :
« Dans ces graves questions, quelle est l'opinion la
plus vraisemblable? un Dieu seul pourrait nous l'apprendre. »

Or, voici ce que le dogme catholique nous enseigne
sur la fin de l'homme : Vous avez tous la même fin ;
vous marchez vers le même terme ; tous, vous passe-
rez par la mort, qui est la solde du péché ; après la
mort, le jugement ; et à la suite du jugement, la récompense ou la punition, la vie ou la mort éternelle.
Vous avez tous un juge au ciel, il vous regarde, il
vous attend, il est à la porte! La loi vous a été donnée, vous la connaissez, et vous êtes des créatures
libres ; donc vous êtes responsables, et la même loi
vous sera appliquée. Dieu vous jugera sans faire acception des personnes ; il n'a pas deux poids et deux
mesures. Devant lui, il n'y a ni princes, ni sujets, ni
grands ni petits, ni puissants ni faibles, ni riches ni
pauvres, ni Grec ni Barbare, ni esclave ni homme

libre, il n'y a que des âmes, des consciences en face
de la souveraine équité. Le niveau de la justice pas-
sera sur toutes les têtes ; l'égalité de nature confondra
tous les rangs, et il n'y aura plus entre les hommes
d'autre distinction que celle de la conscience avec le
bien et le mal qu'elle manifestera. Voilà comment le
christianisme entend l'égalité et comme il la sanctionne ! Quel enseignement, quel frein pour les puissants du monde ! quel encouragement, quelle consolation pour les petits et pour les pauvres ! Ah ! peuvent-
ils se dire, ces heureux du siècle, rois, princes, puissants, riches, ils seront donc jugés comme nous ! Ils
auront à rendre compte de leur vie tout entière ; ils
trouveront aussi un juge, un maître, un vengeur.
Leurs palais, leur pourpre, leurs sceptres, leurs richesses et tout leur appareil magnifique ne leur ser-
viront de rien ; leur âme sera réduite à elle-même et à
ses œuvres. Plus de voile, plus de dissimulation devant le trône de Dieu. La lumière éternelle illuminera
les coins les plus secrets de la conscience et en fera
sortir tout le venin du mal qui s'y est accumulé.
Alors justice sera faite à tous. Il sera demandé à chacun en raison de ce qui lui a été donné, et chacun re-
cevra suivant ce qu'il aura fait. Au tribunal de Dieu
et devant sa loi nous serons donc enfin tous égaux.

Voilà, Messieurs, ce que le dogme chrétien enseigne. Voilà les idées libérales, et je me sers à dessein
de ce mot dont on abuse tant aujourd'hui ; voilà les
idées vraiment libérales que l'Évangile a jetées dans
le monde à une époque où la puissance romaine pe-
sait de tout son poids sur la terre, et y exerçait l'ar-

bitraire de la force au milieu de l'asservissement des peuples ! Il a proclamé à la face des conquérants, des maîtres de la terre, de ces Romains si orgueilleux de leur puissance, si enivrés par leurs triomphes et si dédaigneux du reste des hommes, de ces Romains qui se croyaient d'une autre espèce que leurs vaincus et leurs esclaves, il a proclamé l'origine commune des hommes, leur fraternité, leur nature semblable, le droit commun, l'égalité de tous. Rome, dans son orgueil, en a été scandalisée, le monde païen a eu horreur de ces nouveautés, qui heurtant tous ses préjugés, ébranlaient sa hiérarchie factice. En vérité, ceux qui sont si engoués de la civilisation antique, qui la vantent si magnifiquement et voudraient nous y ramener, la connaissent bien peu. Dans le cours des siècles et par l'abus de la puissance, les préjugés les plus déraisonnables, les erreurs les plus monstrueuses, les habitudes les plus absurdes, les plus indignes de l'homme, s'y étaient amassés, entassés comme dans le lit d'un fleuve, où se dépose successivement avec la fange tout ce qui est entraîné par le courant.

Savez-vous bien, Messieurs, que dans ce monde si brillant, si lettré, si savant, aux siècles les plus éclatants du paganisme, on croyait que la nature faisait des hommes d'espèces différentes; que les uns étaient nés pour commander, les autres pour obéir; qu'un esclave ne valait pas plus qu'un animal; que la femme pouvait être vendue par son mari comme une bête de somme, car il n'était pas sûr qu'elle eût une âme; que les enfants étaient la propriété des parents, qui pouvaient les abandonner, les exposer ou les tuer? Savez-vous bien que les Ilotes, les esclaves étaient le plus souvent livrés aux caprices et à la barbarie de leurs maîtres, qui avaient le droit de les exploiter de toute manière pour leur intérêt ou même pour leur plaisir, sans respect aucun de la nature ni de la pudeur. Les Lucullus de l'Empire engraissaient les poissons de leurs viviers avec de la chair humaine qu'on leur jetait toute vivante; et Néron, qui traitait les chrétiens comme des esclaves rebelles, illuminait ses jardins avec des chrétiens bituminés ! Voilà ce monde païen dont on admire la grandeur ! Oui, il a de la grandeur, mais c'est la grandeur de la force et du despotisme. Qu'on ne nous parle donc plus d'une liberté qui est fondée sur l'esclavage et qui ne peut se maintenir que par les abus les plus monstrueux, par des crimes de lèse-humanité. C'est une fausse liberté, la liberté brutale, l'excès de la force déchaînée, l'abus de la puissance de la terre, étendant sa main de fer sur les peuples, jetant son joug sur les multitudes, afin que quelques hommes se dressent glorieux, magnifiques, au-dessus de tous les autres, tyrans de leurs semblables, arbitres capricieux de leurs destinées, les faisant vivre ou mourir à leur gré, contempteurs de l'humanité, qui insultent à sa misère quand elle est faible, et l'écrasent de leur talon dédaigneux, quand elle remue.

Je termine par une considération qui, je crois, vous saisira. Le christianisme ne s'est pas contenté de semer dans le monde, par ses dogmes, les idées les plus libérales. Il a aussi donné de graves enseignements aux princes de la terre, et en même temps aux petits et aux faibles des consolations et des secours admirables. Il a dit aux princes du monde ce que personne ne leur avait dit jusque-là : Tout pouvoir vient de Dieu, *omnis potestas à Deo.* Donc, puissants du siècle, vous tenez de Dieu votre autorité et vous lui en répondrez. C'est un dépôt qu'il vous a confié, et vous lui en rendrez compte. Vous devez donc l'exercer comme il l'exerce lui-même. Or, Dieu, qui est la souveraine bonté, se donne à tous sans acception des personnes, il veut le bonheur et le bien-être de tous. Donc vous, ses délégués, vous devez avoir la même volonté, et l'usage de la puissance entre vos mains ne sera moralement légitime qu'à cette condition. Vous êtes les instruments de Dieu, ses représentants, et la puissance ne vous est donnée qu'avec la mission de l'exercer dans son esprit et conformément à sa loi, et, comme instruments de Dieu, vous êtes les serviteurs de vos subordonnés, de vos sujets ; car Dieu se sert de vous pour les rendre heureux ; il ne vous a placés à leur tête, il ne vous a donné l'empire et le commandement que pour qu'en les conduisant, en les dirigeant dans les voies de la vérité et de la justice, vous travailliez de toutes vos forces à leur bien véritable, à la satisfaction de tous leurs besoins et de tous leurs intérêts. Vous êtes donc les serviteurs des serviteurs de Dieu, et désormais la puissance la plus élevée qui soit en ce monde s'honorera de ce titre pour l'instruction des puissances du monde. Depuis ce temps, Messieurs, c'est l'opinion commune, le sentiment général dans les sociétés chrétiennes, que les rois sont pour les peuples et non les peuples pour les rois. Depuis ce temps, tout le monde pense que la puissance n'est légitime devant Dieu qu'à la condition de se dévouer au bonheur de ceux qu'elle régit. Depuis ce temps les puissances du siècle se séparent en deux classes : l'une purement humaine, terrestre, égoïste, qui, agissant uniquement dans son propre intérêt et pour sa gloire, exploite ses semblables à son profit : c'est la puissance despotique ; l'autre, délégation de Dieu, qui se reconnaît comme son ministre, qui prend sa loi pour règle, sa parole pour guide, et qui travaille consciencieusement avec le sentiment d'une terrible responsabilité et d'une mission périlleuse au bonheur et au perfectionnement des peuples : c'est la puissance chrétienne, comme l'Évangile l'a établie dans le monde, et qui fait la gloire, la force et la dignité des sociétés modernes.

Chose admirable! cet enseignement politique de l'Évangile, cette grande leçon donnée aux rois de la terre dans l'intérêt des peuples, est confirmée, sanctionnée par l'un des mystères principaux de la religion catholique, par le dogme de la Rédemption. Oui, Messieurs, Dieu lui-même, le Roi des rois, Celui qui commande au ciel et à la terre, et de qui relèvent l'autorité, l'empire et la gloire, Dieu lui-même s'est fait notre serviteur, Lui que nous avions cruellement offensé par notre ingratitude, dont nous avions méprisé la parole et la loi, contre lequel nous nous sommes insurgés et qui pouvait nous abandonner à notre mauvaise volonté et à la mort éternelle, suite inévitable de notre crime. Dans sa miséricorde il a daigné s'abaisser jusqu'à nous pour nous relever, et dans sa justice se faire semblable à nous, afin d'expier en notre place, de nous racheter au prix de son sang et de nous rendre la vie par sa mort. Il est venu lui-même ici-bas dans cette vallée de larmes, en la personne adorable de Jésus-Christ, pour instruire notre ignorance, guérir notre maladie, ressusciter et sauver nos âmes. Il nous a servis de toutes les manières, dans les besoins de notre corps comme dans ceux de notre âme, par sa parole, par ses bénédictions, par sa prière, par toute sa vie, et enfin par sa mort. Il a versé tout son sang sur la croix pour laver nos iniquités; il s'est fait le serviteur des serviteurs, et il est mort pour ceux qu'il a aimés. Ce qu'il a fait, il l'a enseigné à ses disciples, et il a voulu qu'ils le fissent à leur tour comme lui.

Un soir qu'il était à table avec eux il se lève, prend un linge, verse de l'eau dans un vase, et s'agenouille devant ses disciples pour leur laver les pieds; puis il les essuie avec le linge qu'il avait autour de lui. Ses disciples sont dans la stupéfaction de son humilité; Pierre se refuse d'abord à ce qui lui semble indigne de son maître. Vous, Seigneur, vous me laveriez les pieds! Et Jésus lui répond : « Vous ne savez point maintenant ce que je fais, mais vous le saurez ensuite. » Puis, quand il leur eut lavé les pieds, s'étant remis à table, il leur dit : « Savez-vous ce que je viens de vous faire? Vous m'appelez Maître et Seigneur, et vous avez raison, car je le suis. Si donc je vous ai lavé les pieds, moi qui suis Seigneur et Maître, vous devez aussi vous laver les pieds les uns aux autres; car je vous ai donné l'exemple afin que ce que je vous ai fait, vous le fassiez aussi aux autres. En vérité, en vérité, je vous le dis, le serviteur n'est pas plus grand que son maître, et l'envoyé n'est pas plus grand que celui qui l'a envoyé. Si vous savez ces choses, vous serez heureux, pourvu que vous les pratiquiez. »

Un autre jour, une contestation s'étant élevée entre ses apôtres pour savoir qui serait le plus grand d'entre eux, Jésus leur dit ces paroles : « Vous savez que les princes des nations les dominent, et les plus grands sont ceux qui exercent l'autorité. Il n'en sera pas ainsi parmi vous : que celui d'entre vous qui veut être le plus grand devienne le plus petit, que celui qui voudra être le premier soit votre serviteur, à l'exemple du Fils de l'homme, qui n'est pas venu pour être servi, mais pour servir, et donner sa vie pour la rédemption de plusieurs. » Voilà pourquoi le souverain pontife, vicaire de Jésus-Christ sur la terre, chef visible de l'Église, investi de la toute-puissance spirituelle pour le gouvernement et le salut des âmes, est appelé, à l'exemple de son divin Maître, le serviteur des serviteurs, *servus servorum*. Comme Jésus, il n'est pas sur la terre pour être servi, mais pour servir ; et c'est ce qu'il fait continuellement dans la haute position qu'il occupe, versant sur la terre les grâces, les bénédictions et les lumières du Ciel, dont il est ici-bas comme le réservoir et le distributeur, ayant la sollicitude de l'Église universelle et de toutes les Églises, parlant et donnant à chacune suivant ses besoins, et se faisant tout à tous pour les sauver tous. Ainsi font tous les ministres du Seigneur, les évêques, les prêtres, qui exercent dignement la puissance spirituelle au nom de Jésus-Christ et sous l'autorité du Pontife suprême. Pour être les plus grands d'entre les chrétiens, ils se font les plus petits ; ils deviennent les serviteurs des âmes qu'ils dirigent ; ils les servent comme le bon Pasteur, jusqu'à donner leur vie pour défendre et sauver leurs brebis.

Voilà, Messieurs, comment la religion catholique entend l'exercice de l'autorité et la pratique du pouvoir. Voilà comment elle protège la liberté des peuples contre l'arbitraire ou la violence des rois. Depuis que le Roi des rois s'est fait le plus petit des enfants des hommes, et s'est déclaré leur serviteur, régner c'est servir, et l'exercice de la puissance, qui vient de Dieu, est l'accomplissement d'un service.

Et non-seulement l'Église protège les peuples, les sujets, les petits, les faibles par le dehors, en éclairant et en modérant les puissances du monde, mais encore elle les fortifie au dedans par le don de la foi, par la vie surnaturelle qu'elle leur communique, par toutes les grâces qu'elle leur distribue ; elle les rend capables, par la lumière et la force qu'elle leur donne, de comprendre et d'exercer la plus haute liberté. Le chrétien, en effet, est transporté par sa foi au-dessus des obscurités et des incertitudes de la raison, et son intelligence acquiesçant, de toute la volonté de son âme, à la parole divine, s'élève sur les ailes de la pureté et de la simplicité du cœur à la contemplation des vérités éternelles, et de Dieu qui en est le principe : *Beati mundo corde, quoniam ipsi Deum videbunt.* Par sa foi encore, par l'espérance qu'elle enfante, par l'amour et la charité qu'elle allume au

foyer même de son être, dans sa volonté; le chrétien, animé et soutenu par la grâce, et participant
par elle à la vie même de Dieu, est élevé au-dessus de lui-même, au-dessus des liens et des atta-
chements de la nature, au-dessus des intérêts et des
gloires de la terre, au-dessus des dangers, des menaces et des forces du monde. Il devient donc souverainement libre, libre de la liberté des enfants de
Dieu; et le martyr, qui donne sa vie pour conserver
sa foi, et livre son corps, son sang en gardant sa
conviction, est le plus libre des hommes au milieu
des supplices; car, pouvant tout faire et tout souffrir
en celui qui le fortifie, il agit par lui-même, de son
propre mouvement, bravant les violences du dehors et supérieur aux nécessités de la nature.

De toutes ces considérations, Messieurs, nous nous
croyons en droit de conclure ce que nous avons an-
noncé, savoir, que le dogme chrétien, le dogme catholique est essentiellement favorable à la liberté;
car il l'établit en Dieu, souveraine, absolue, *ad intrà* et *ad extrà*, en Lui-même et dans l'acte de la création et de la providence. Il l'établit dans l'homme,
fait à l'image de Dieu, et qui est son délégué, son
représentant dans le gouvernement des choses de la
terre. Il l'établit entre les hommes, qui ont le même
père, la même origine, la même nature, la même loi,
la même fin. — Donc, fraternité, égalité, droit
commun. Il la garantit contre la puissance de César,
en apprenant à César que son pouvoir vient de Dieu,
et que, depuis Jésus-Christ, commander c'est servir.
Enfin, il l'exalte, la transfigure par la foi, qui, lui

donnant la force surnaturelle de briser tous les liens,
d'affronter tous les dangers, de subir toutes les
douleurs, la rend invincible aux puissances de l'enfer et du monde.

CINQUIÈME CONFÉRENCE.

LA MORALE CHRÉTIENNE EST LA PLUS SÛRE GARANTIE DE LA LIBERTÉ.

———◦———

MONSEIGNEUR,

MESSIEURS,

Si le dogme catholique est essentiellement favorable à la liberté, la morale chrétienne ne peut lui être contraire; car la morale est une conséquence nécessaire du dogme : point de morale sans un dogme qui lui serve de principe et de fondement. Or, nous avons prouvé, je crois, dans notre dernière conférence, que le dogme catholique favorise la liberté. Il nous reste à vous montrer dans celle-ci que la morale qui en ressort, considérée en elle-même, ne lui est pas un auxiliaire moins utile.

La morale chrétienne se résume en deux points : aimer Dieu par-dessus tout, aimer son prochain comme soi-même. À quoi Jésus-Christ a ajouté une recommandation nouvelle, *mandatum novum*, aimez-vous les uns les autres comme je vous ai aimés ; celui qui aime bien , donne sa vie pour celui qu'il aime.

Aimer Dieu par-dessus tout, c'est l'aimer de toute notre âme, de toute notre volonté, de tout notre esprit, de toutes nos forces, par toute notre existence. Est-il possible à l'homme d'aimer Dieu de la sorte? Oui, et Jésus-Christ nous a enseigné comment nous pouvons y arriver, ou la vraie méthode de l'amour de Dieu. Celui qui aime mon Père, a-t-il dit, observe ses commandements. Vous êtes vraiment mes amis si vous accomplissez mes préceptes. En sorte que le caractère véritable de l'amour est de faire ce qui est agréable à la personne aimée, et on ne peut mieux lui prouver qu'on l'aime qu'en cherchant à réaliser sa volonté. Si donc nous voulons nous assurer que nous aimons Dieu par-dessus tout, voyons en nous-mêmes si nous sommes réellement disposés à faire la volonté de Dieu avant tout, ou autrement si nous sommes prêts à tout entreprendre ou à tout souffrir pour accomplir ses commandements. Si nous voulons nous assurer que nous aimons Dieu de la manière dont Jésus-Christ l'explique, voyons si au fond de notre âme, par notre volonté, dans notre esprit et par toutes les facultés et les puissances de notre être, nous sommes résolus à le préférer à tout.

L'amour de Dieu, comme vous le voyez, n'est pas seulement une affaire de sentiment et d'imagination. Les affections tendres, avec leurs douceurs et leurs consolations, peuvent s'y trouver, mais ne le constituent pas essentiellement. Puisque Dieu est un pur esprit, on ne peut pas, on ne doit pas l'aimer comme la créature humaine, et sous ce rapport, beaucoup de personnes pieuses, qui ne sont suffisamment éclairées, trouvent souvent des mécomptes dans leur dévotion. Le véritable amour de Dieu consiste à faire ce qui plaît à Dieu, avant tout, malgré tout, quoi qu'il en coûte, et quand mêmevous le feriez avec répugnance, quand vous trouveriez en vous des empêchements ou des obstacles, de la sécheresse et je ne sais quelle mauvaise disposition naturelle, qui s'oppose instinctivement à la loi, et porte à la désobéissance ou à la rébellion, n'importe! Si vous agissez malgré tout cela, si vous outre-passez votre mauvaise nature, si vous la domptez par votre volonté, et la contraignez à faire ce qui lui répugne pour accomplir le commandement divin, alors, quelle que soit votre désolation intérieure, l'angoisse de votre sensibilité, la tourmente de votre cœur, vous aimez Dieu véritablement; car vous le préférez à tout, et même à vous.

C'est ce que l'Évangile nous explique dans une parabole. Un homme avait deux fils; il rencontre l'aîné et lui dit : Va travailler à ma vigne. J'y vais, dit celui-ci; et il n'y va pas. Le père rencontre ensuite le second, et lui dit : Va travailler à ma vigne. Non, dit l'autre, je n'irai pas; je n'ai pas le temps. Puis, quand il a quitté son père, touché de repentir, il rentre en lui-même et va faire ce que son père demande. Lequel des deux a le mieux aimé son père? C'est le plus obéissant. Et qui a le mieux obéi? est-ce celui qui s'est soumis en parole à la volonté paternelle, et dans

le fait l'a méprisée? N'est-ce pas celui qui a dit *non*
d'abord, mais qui ensuite a dit *oui* par sa conduite et
a exécuté, quoi qu'il lui en ait coûté, ce que son père
a voulu? Ainsi, Messieurs, Dieu veut que nous l'aimions et que nous lui prouvions notre amour par le
fait, par l'action, par toute la conduite. Il veut sans
doute que tout en nous, la parole et l'acte, s'accordent et conspirent à exécuter sa volonté; mais, dans
l'alternative, il préfère l'acte à la parole; et nous lui
sommes encore bien agréables quand, après avoir refusé d'abord de travailler à sa vigne, nous y allons
ensuite, poussés par le remords de la conscience et
ramenés par la crainte de lui déplaire.

Or, et c'est là que j'en veux venir, qu'est-ce que
la volonté de Dieu pour l'homme? c'est sa loi, car
Dieu est son créateur, son supérieur naturel. L'homme
n'existe que parce que Dieu a voulu le créer; il existe
tel que Dieu a voulu le faire; et par conséquent dans
la volonté et dans la sagesse divine se trouve la raison
tout entière de l'existence humaine. Donc la loi de
cette existence dérive de son rapport avec le principe
dont elle est, ou, autrement, sa loi est l'expression
même de la volonté qui la fait être. Donc, chercher
à accomplir la volonté de Dieu par-dessus tout, c'est
accepter la loi et la mettre au-dessus de tout; c'est la
faire passer avant tout dans nos actes, dans notre
conduite; c'est la préférer même à ce qui nous est le
plus agréable dans le choix de notre liberté; c'est
nous y attacher par toute notre volonté, et non-seulement la respecter, mais encore faire tout ce qui est
en notre pouvoir pour l'exécuter, quels que soient les

obstacles et quoi qu'il nous en coûte, dussions-nous lui sacrifier notre penchant, notre désir, nos affections, nos instincts et surtout notre amour-propre, notre orgueil. Que celui qui veut être mon disciple et me suivre, a dit le Maître, fasse abnégation de lui-même, qu'il se renonce lui-même : *Abneget semet-ipsum,* c'est-à-dire qu'il s'efface devant la loi en faisant ce que Dieu demande, et non pas ce qui lui plaît : car il ne doit pas, il ne peut pas s'anéantir lui-même ni détruire sa personnalité. La *personne,* avec son identité, est inexterminable ; elle subsiste dans le temps et dans l'éternité, et elle établit la liaison de l'un à l'autre pour la créature. C'est pourquoi il n'est point défendu au chrétien de consulter et de chercher son intérêt bien entendu, mais à la condition qu'il le réglera, le dirigera par les commandements de la loi divine, qu'il y renoncera et en fera le sacrifice si elle le demande. Il ne lui est pas défendu de s'aimer lui-même, pourvu qu'il aime Dieu par-dessus tout, plus que lui-même, c'est-à-dire mettant la volonté de Dieu avant la sienne : *Non sicut ego volo, sed sicut tu.* Je constate donc ce résultat : la morale chrétienne veut que nous aimions Dieu par-dessus tout. Aimer Dieu par-dessus tout, c'est préférer sa volonté à tout ; la volonté de Dieu est la loi de l'homme : donc, aimer Dieu, c'est aimer avant tout la loi, l'ordre qu'elle établit et l'autorité qui l'applique.

Le second point de la morale chrétienne consiste à aimer son prochain comme soi-même. Qu'est-ce à dire? Est-ce que nous pouvons aimer les autres, comme nous nous aimons, de cet amour instinctif,

naturel, propre à chacun et qui est la meilleure garantie de la conservation? Non, cela est impossible,
et l'Évangile, qui connaît si bien l'homme et sait ce
qu'il y a dans l'homme, ne demande pas des choses impossibles. Qu'est-ce qu'il demande donc? Il
demande que devant la loi, une pour tous, vous
soyez tous égaux, et qu'ainsi elle soit appliquée à tous
avec impartialité, avec équité. Il demande que, si
vous êtes le ministre de la loi, et tout homme est
appelé à l'être par l'exercice de sa liberté, vous ne
vous fassiez pas à vous-même, dans la distribution de
la justice, et parce que c'est vous, une part plus favorable qu'aux autres. Il demande, en un mot, que,
comme il convient à des êtres intelligents et raisonnables, nous résistions par notre volonté à l'entraînement instinctif de l'égoïsme naturel, qui nous porte
toujours à nous préférer à autrui. Car nous le savons
tous, Messieurs, par notre expérience de tous les
jours, de tous les instants, quand nous sommes in-
téressés dans une cause, nous sommes portés à être
des juges infidèles. Notre intérêt propre nous préoccupe naturellement, et bien que nous reconnais-
sions que la loi est pour tous, et qu'à tous elle doit
être appliquée équitablement, cependant, instinctivement, secrètement, par l'impulsion de notre
moi, si plein de lui-même, si amoureux de lui,
nous sommes toujours tentés de nous accorder un
privilége, de nous faire une part singulière, et de
nous traiter mieux que les autres. C'est pourquoi
nous avons presque toujours deux poids et deux mesures : un poids et une mesure pour nous, un poids

et une mesure pour autrui, et c'est justement pour
empêcher cette partialité si naturelle, qu'il est en général interdit d'être à la fois juge et partie, ou d'être
juge dans sa propre cause.

Voilà ce que l'Évangile sait, et ce qu'il veut empêcher par ce précepte : Tu aimeras ton prochain
comme toi-même. Ce qui ne veut pas dire : Tu auras
pour ton prochain la même tendresse de nature que
pour toi. Tu ressentiras ses besoins, ses douleurs, ses
peines, ses inquiétudes avec la même vivacité que tu
sens ce qui se passe en toi, et tu mettras le même em-
pressement, la même ardeur, la même sollicitude à le
préserver, à le soulager que pour toi-même. Tu vi-
vras instinctivement en lui comme en toi, et tout ce
que tu fais naturellement pour ta propre conservation, tu le feras pour la sienne. Non, Messieurs,
l'Évangile ne prescrit pas ainsi. Il nous demande dès
maintenant, comme il nous demandera au grand
jour du jugement, en raison de ce qui nous a été
donné. La doctrine chrétienne sait très-bien que nous
ne pouvons pas sentir ce qui affecte les autres comme
nous éprouvons ce qui nous affecte nous-mêmes;
que leur douleur sensible, quelque sympathique
qu'elle nous soit, ne peut cependant pas irriter notre
fibre comme la leur; que leur peine morale, quelque pitié que nous en ayons, et quoique nous en
souffrions, n'est cependant qu'un écho plus ou
moins affaibli dans notre cœur, et ne peut nous
agiter, nous torturer comme le patient lui-même.
Nous ne pouvons exciter à notre gré la sensibilité,
le désir, l'affection. Mais ce que nous pouvons et ce

que l'Évangile nous recommande, c'est d'user convenablement de notre liberté, c'est de respecter la justice dans nos actes, et ainsi de résister aux penchants et aux passions qui nous rendent si facilement partiaux en notre faveur et injustes à l'égard des autres. C'est, en un mot, de ne pas faire pour nous plus ou autre chose que pour autrui ; de nous tenir sévèrement, scrupuleusement dans la ligne de l'équité ; de ne faire pencher la balance d'aucun côté, pas même du nôtre ; de traiter nos semblables comme nous devant la loi commune, de ne pas nous préférer à eux ou de les aimer à l'égal de nous-mêmes.

Toute la morale dans les rapports des hommes entre eux est là, dans cette expression de la stricte équité, et je dirai même du simple bon sens. Car, Messieurs, c'est encore un des caractères de la parole évangélique, de joindre la sublimité, la profondeur au sens commun, et c'est pourquoi elle s'adapte à toutes les intelligences et convient aux ignorants comme aux savants. Il y a partout dans la doctrine chrétienne, avec des mystères insondables, avec d'admirables lumières, un immense bon sens. Ce bon sens, Messieurs, qui dérive de la sagesse divine appliquée aux affaires humaines, et qui passe comme instinctivement dans l'homme de foi, fait la rectitude, la pureté, la sûreté du sens chrétien, de ce sens de la vérité, de la justice, du bien, surnaturel et naturel tout ensemble, qui est plus ou moins dans chacun de vous, parce que vous avez été régénérés et élevés par l'Église, parce que, dès l'âge le plus tendre, vous avez reçu son enseignement et ses préceptes, parce que le dogme catholique a été implanté de bonne heure dans vos intelligences, et que dans ces formules de la science éternelle, vous avez reçu à votre insu les principes de toutes choses et de toute vérité. Le dogme catholique a été inséré, enfoui dans vos âmes comme une puissante semence, pleine d'une vertu secrète, d'une vie cachée, qui a germé obscurément, qui se développe sourdement, et forme peu à peu en vous, dans votre cœur et dans votre esprit, un fonds de science, une mesure de discernement, une règle de pratique, pour juger et apprécier les choses et les hommes dans toutes les circonstances et dans tous les rapports. Voilà ce qui fait le fond de la conscience chrétienne, la plus délicate, la plus vive de toutes les consciences humaines, parce qu'elle joint la lumière surnaturelle de la foi au bon sens épuré de la nature.

Si nous devons traiter notre prochain comme nous-mêmes, il suit, et c'est le premier précepte de la morale, que nous ne devons pas faire aux autres ce que nous ne voulons pas qu'ils nous fassent : justice négative qui nous enseigne à respecter les droits d'autrui, à ne point les violer, parce que nous ne voulons pas qu'on viole les nôtres, parce que, si nous faisons à autrui ce que nous craignons pour nous, par notre douleur, par la peine que nous ressentons toutes les fois qu'on agit ainsi à notre égard, nous sommes avertis de la douleur, de la peine des autres, et nous sentons que nous ne devons pas leur infliger ce que nous ne voudrions pas souffrir. L'Évangile nous dit ensuite : Fais pour les autres ce que tu voudrais qu'on fît pour toi ; et c'est une autre conséquence du même principe ; car je trouve dans mes besoins, dans les désirs de mon cœur, dans les exigences de mon existence, un avertissement et une règle pour ma conduite avec mes semblables. Je m'aime d'un amour instinctif et naturel, je cherche spontanément tout ce qui peut contribuer à la conservation, à l'utilité, au plaisir même de ma personne, mon âme est pleine de sollicitude pour elle-même et tout ce qui lui appartient. Mais, nous dit l'Évangile, ton frère est dans la même situation. Vous êtes égaux par nature et devant la loi, et ainsi, pour être vraiment juste à son égard, tu dois non-seulement ne pas lui faire de mal, mais encore, si tu le peux, lui faire tout le bien que tu désires pour toi-même. Justice positive, qui nous impose plus que de la modération et de l'abstinence ! Je dois secourir les autres, parce que j'ai besoin qu'on m'assiste, le désir de leur bienveillance doit exciter la mienne ; leur intérêt s'associe dans ma pensée à mon propre avantage, et quand les sens, l'imagination sont excités, quand l'amour-propre ou l'intérêt me poussent à outre-passer les limites de la justice ou de la vérité, en revenant sur moi et me considérant en face de mes frères devant la loi commune et dans le miroir de la parole évangélique, je trouve dans ma conscience un frein et un aiguillon, un frein à l'emportement des mauvais instincts, un aiguillon qui m'excite à faire pour les autres ce que je voudrais pour moi-même.

A ces préceptes de la stricte justice, Jésus-Christ a ajouté le sceau de la perfection. Le nouveau comman-

dement qu'il a laissé à ses disciples porte : Aimez-
vous les uns les autres comme je vous ai aimés. Or,
il nous a aimés d'un amour infini, d'un amour tout
divin, et c'est pourquoi il a donné sa vie pour nous
en confirmation de ce qu'il avait dit à ses apôtres : Celui qui aime bien donne sa vie pour ceux qu'il aime.
Il nous a donc recommandé d'aimer comme Dieu
aime, et par sa grâce il nous en a rendus capables.
Or, comment Dieu aime-t-il ses créatures? de l'amour
le plus pur, et si nous osons le dire, le plus désintéressé ; car Dieu n'a besoin de personne, il se suffit
dans sa glorieuse indépendance. La création tout entière n'était nécessaire ni à sa gloire ni à son bonheur.
Il nous aime donc pour nous, puisqu'il n'a pas besoin de nous ; et par Jésus-Christ, qui nous a donné
à la fois le précepte et l'exemple de la divine charité,
il nous a appris à aimer comme lui, autant que notre
faiblesse le comporte. Jésus-Christ, qui a versé son
sang pour racheter les hommes, qui s'est sacrifié pour
eux parce qu'il les a aimés, leur a dit : Faites comme
moi, soyez mes imitateurs, aimez-vous les uns les
autres comme je vous ai aimés; car vous avez été faits
à la ressemblance de Dieu, et votre Père céleste veut
que vous deveniez parfaits comme il est parfait. Voilà
ce qui constitue la charité ou l'amour par excellence,
qui aime le prochain non plus seulement comme soi,
mais plus que soi ; ici est la raison dernière du dévouement, ce qui lui donne du sens, de la force et
de la vertu. Ainsi la morale chrétienne, dans sa perfection la plus haute, nous apprend à nous dévouer
pour nos frères comme Jésus-Christ s'est dévoué pour

tous. Par la charité la loi est consommée, accomplie dans toute sa plénitude, suivant la parole de saint Paul : *Plenitudo legis dilectio.*

Telle est en résumé la morale chrétienne. Or, je dis qu'une telle morale est essentiellement favorable à la vraie liberté.

Tout le monde convient que la morale chrétienne, sincèrement pratiquée, forme les hommes les plus honnêtes, les cœurs les plus vertueux ; et même, dans le monde, les indifférents ou les incrédules, ceux qui ne participent pas à notre foi, au moins par la pratique, et qui se tiennent éloignés de l'Église sous prétexte qu'ils ont des doutes sur les dogmes et les mystères de la religion, avouent cependant que la morale chrétienne est la plus pure, la plus sublime de toutes, et qu'en la suivant avec conscience il est impossible de ne pas devenir un homme parfait. Mais tout en la reconnaissant, en la déclarant si belle dans la pratique, ils ne veulent pas accepter les principes dont elle dérive. C'est une inconséquence que vous rencontrez à chaque pas de nos jours. Vous entendez dire : Oui, la morale de l'Évangile est admirable ; si tout le monde la pratiquait, elle ferait la gloire et le bonheur de tous. Mais les dogmes, les mystères, les miracles, que voulez-vous en faire ? Personne n'y comprend rien, ils heurtent et scandalisent notre raison. A quoi ces énigmes peuvent-elles servir ? Gardons la morale et laissons de côté les dogmes. Transigeons avec l'Église, à laquelle nous abandonnons son sanctuaire et ses mystérieuses obscurités, et nous pratiquerons, comme nous pourrons, ses préceptes moraux, parce qu'ils sont clairs, confirmés par la conscience, et que la société ne peut exister sans morale.

Ainsi parlent aujourd'hui des hommes considérables, qui passent pour très-raisonnables, des philosophes même, et cependant quelle légèreté, quelle imprudence, et j'irai jusqu'à dire quelle niaiserie dans une telle manière de parler ! Une conséquence peut-elle exister sans son principe, et quand elle est bonne et vraie, le principe dont elle sort légitimement peut-il être faux et mauvais ? Si donc la morale de l'Évangile est si belle, si parfaite, et par conséquent si vraie, comme elle dérive nécessairement du dogme, ne démontre-t-elle pas infailliblement la vérité, la pureté de la source dont elle émane ? De quel droit divisez-vous ce que Dieu a uni ? Comment pouvez-vous accepter la conséquence en la séparant violemment du principe qui la produit. C'est une branche que vous détachez de son tronc. Vous la tenez maintenant dans votre main, verte, toute fleurie ou pleine de fruits ; elle exhale un parfum délicieux, elle réjouit les yeux de l'éclat de ses couleurs. Mais, plus votre main la serrera, plus vous l'agiterez dans l'air pour la faire voir et pour en jouir, plus aussi vous la dessècherez, car elle est séparée de sa tige, elle ne reçoit plus la sève vivifiante que sa racine peut seule lui donner, et toute magnifique qu'elle semble, elle est déjà frappée de mort, tout à l'heure elle tombera en poussière. Ainsi de votre morale séparée du dogme.

Nous entendons dire tous les jours, au milieu des

désordres de la vie publique et privée qui affligent notre époque et la déshonorent : Il n'y a plus de morale ; l'égoïsme envahit tout ; l'amour du plaisir, la soif de l'or, l'ambition possèdent toutes les âmes et les poussent, pour se satisfaire, à l'injustice et au crime. Les hommes d'aujourd'hui ne parlent que de leurs droits et ne connaissent plus leurs devoirs. Il faut leur apprendre ce qu'ils doivent, il faut leur enseigner la morale, il faut moraliser les populations perverties par la licence, par des passions sans frein, par des scandales publics. Puis, ceux-là même qui ne croient point à l'Église, à sa mission et à sa vertu, qui n'obéissent point à ses commandements ni à ses préceptes, sous prétexte qu'ils sont trop éclairés pour en avoir besoin, ceux-là, dis-je, s'adressent à elle, à ses ministres, et leur disent sérieusement : Faites-nous de la morale ; car c'est encore vous qui savez mieux la faire. Vous avez le plus d'influence sur le peuple, faites-lui donc de la morale ; la société ne peut subsister ainsi. A cela, Messieurs, la réponse est facile. Oui, nous ferons de la morale, quand nous aurons posé d'abord le dogme qui lui sert de base ; et si la foi des peuples s'attache au dogme et l'accepte, nous aurons alors un titre et une autorité pour enseigner aux hommes ce qu'ils ont à faire et ce qu'ils doivent éviter. C'est au nom de Jésus-Christ et par sa vertu qu'on peut seulement enseigner la morale de Jésus-Christ. Si vous ne croyez pas au maître, comment accepterez-vous, comment pratiquerez-vous sa parole? Si vous pouvez croire de tout votre cœur que Jésus est le Fils de Dieu, et que lui seul peut vous guérir, vous serez bientôt guéris en effet de votre aveuglement et délivrés de la maladie qui vous ronge. Mais faire de la morale chrétienne sans le dogme chrétien, c'est tout simplement nous demander une absurdité, c'est-à-dire un rayon sans foyer, un ruisseau sans source, une branche vivante sans racine, un effet sans cause, une conséquence sans principe.

Si donc, Messieurs, du consentement de tous, la morale chrétienne bien pratiquée fait les hommes les plus honnêtes, c'est déjà un immense avantage qu'elle apporte à la liberté politique; car la première condition de la formation et du maintien de la société, c'est la justice et l'ordre, et le respect de la justice et de l'ordre constitue la probité du citoyen. Or, pourrez-vous faire un bon citoyen avec un homme immoral, avec un homme plein de lui-même, esclave de ses passions, dominé par son intérêt et capable, pour se satisfaire, d'employer tous les moyens sans reculer même devant le crime? Commençons donc par faire des hommes honnêtes, et nous tâcherons ensuite de faire des hommes libres. La vertu privée sera la meilleure préparation aux vertus publiques. Réduisons-nous d'abord à la tâche la plus simple, la plus facile. On ne commence pas un édifice par le comble; mais pour qu'il s'élève sûrement, il faut travailler longtemps dans la profondeur du sol où les fondements se posent. Livrerons-nous la chose publique à des hommes qui ne savent pas même diriger la chose privée? Ferons-nous gouverner l'État par ceux qui sont incapables de gouverner leur famille et eux-mêmes?

Voilà ce que le bon sens nous crie, et ne pas l'écouter porte malheur.

En formant des chrétiens, l'Église prépare de la meilleure manière de bons citoyens. En apprenant à ses enfants à bien exercer leur liberté morale, à devenir libres moralement et selon la loi de Dieu, elle les forme le plus efficacement à la liberté civile, et les rend capables d'être libres politiquement au milieu des sociétés humaines. S'y prendre autrement, c'est risquer de déshonorer la liberté par ses abus. Car elle est une arme à deux tranchants, difficile à manier, et qui peut faire un mal immense en des mains inexpérimentées ou perverties. Si l'individu isolé a déjà tant d'influence par l'exercice de son activité au milieu de ses relations ordinaires, jugez quelle force il acquiert en participant à l'activité commune, en mêlant sa volonté à la volonté générale, et surtout en devenant le ministre de la puissance publique. Si cet homme est immoral, s'il porte son immoralité dans la vie publique, dans la participation aux affaires, dans la formation de la loi, dans la distribution de la justice, dans l'administration de la chose commune, dans le maniement de la fortune sociale, quelle contagion, quelle domination du vice ! Quel mal il peut faire, en raison du pouvoir qu'il exerce, de l'ascendant qu'il possède, de toutes les forces qu'il a entre les mains, de l'agitation désordonnée de sa volonté au milieu de la société qu'il domine. Nous disions naguère qu'il en est de la liberté politique comme de l'instruction populaire. L'une et l'autre sont des instruments très-efficaces pour le bien, quand ils sont bien employés et bien dirigés : mais si la direction est mauvaise, l'instrument devient d'autant plus terrible qu'il est plus puissant, et ses effets désastreux sont en raison de sa force pervertie. Plus vous instruirez les hommes sans les rendre meilleurs, plus vous éclairerez leur esprit sans discipliner leur cœur, plus aussi vous les rendrez dangereux à la société et funestes à eux-mêmes. Donnez l'instruction au peuple, nous sommes les premiers à le demander ; enseignez-lui tout ce qu'il peut savoir, tout ce qu'il a besoin de connaître : mais, en le rendant capable de se conduire lui-même, n'oubliez pas de lui apprendre le terme où il doit arriver et le chemin qui y mène; n'oubliez pas de lui apprendre à distinguer au ciel, au milieu des orages, l'étoile qui peut assurer sa route ; n'oubliez pas surtout de placer entre ses mains ou plutôt dans son cœur la précieuse boussole de la foi, qui peut seule, au milieu des variations des opinions humaines, au milieu de l'agitation, des tempêtes du monde, lui donner le moyen d'atteindre sûrement le port. Prenez garde que toutes ces lumières que vous répandez indiscrètement ne brûlent plus qu'elles n'échauffent, ne dévorent plus qu'elles ne vivifient, et que ces esprits si éclairés et si confiants en eux-mêmes ne se lancent dans l'espace comme Phaéton, tout rayonnant de la lumière empruntée du soleil, et cependant ayant perdu la route du ciel. L'incendie de l'univers et sa propre ruine, tels furent les résultats de son imprudence, de sa témérité et de sa gloire.

Considérons maintenant les choses de plus près. Je dis que la morale de l'Évangile est essentiellement favorable à la liberté politique, parce qu'elle lui fournit ses deux conditions principales, savoir : le respect de la loi et le dévouement à la chose commune.

Il n'y a point de liberté politique possible sans le respect de la loi, du droit et de l'autorité qui les applique. Une société quelconque ne peut exister sans ordre, et il n'y a pas d'ordre sans la justice. Et cela est encore plus vrai des sociétés libres que des autres ; car les volontés, émancipées par la constitution sociale et participant à la direction des affaires, ont une activité plus vive, une sphère d'action plus large, et ainsi sont plus exposées aux excès de la licence et du désordre. Il faut donc que toutes les volontés soient réglées et maintenues par la loi ; puissance morale et physique tout ensemble, qui s'impose à la volonté par la raison, par la conscience, qui se manifeste par le pouvoir établi, et, au besoin, réalise ses décisions par la force, dont l'emploi n'est légitime qu'à cette condition. Que si les membres d'une société ne sont pas disposés à soumettre leur volonté propre à la volonté commune, leur intérêt particulier à l'intérêt général, c'est-à-dire à l'ordre et à la loi, une telle société ne peut subsister. Eh bien ! je vous le demande, le respect de la loi, qui l'aura plus profondément empreint au cœur que le chrétien ? Le respect de l'ordre, de l'autorité, qui le ressentira plus vivement, qui y sera plus porté et plus habitué que le catholique, façonné de bonne heure par l'Église à l'obéissance raisonnable, et élevé dès son âge le plus tendre dans cette grande école du respect? La loi, à ses yeux, est la volonté même de Dieu ; le droit est sa parole écrite ou non écrite, l'autorité est son représentant. Il les respectera donc comme Dieu même, comme des manifestations de la volonté divine ; il obéira avec conscience, avec intelligence, avec dignité, parce qu'à ses yeux Dieu vit et parle dans la société, dans la justice commune, dans l'intérêt de tous, dans la loi. Quelle différence entre cette manière d'obéir et la soumission purement humaine ! Avec cette dernière, qui retiendra ma volonté dans son emportement? Qui la poussera dans son inertie ? Ma conscience naturelle quelquefois, je l'accorde ; mais tiendra-t-elle long-temps contre les assauts de la passion? Suffira-t-elle pour exciter ma lâcheté? C'est l'intérêt ou la peur qui me conseilleront surtout, et en général, ce sont deux mauvais conseillers. J'observerai donc la loi, parce que c'est mon intérêt de la respecter, parce que je dois voir et trouver mon intérêt privé dans l'intérêt général qu'elle déclare et garantit. Mais si je crois avoir plus d'intérêt à la violer qu'à l'exécuter, et si je puis le faire impunément, qui m'en empêchera? Il ne s'agit plus que d'échapper au gendarme, au juge, au bourreau. J'obéirai donc, tant que je ne pourrai faire autrement. Mais si j'aperçois une porte mal fermée, je l'enfonce ; une issue mal gardée, je m'y glisse ; un défilé ou un sentier détourné pour échapper à la loi, j'y entre et je me ris de l'autorité qui se laisse mettre en défaut.

Voilà comme obéissent en général ceux qui ne portent pas à la loi un respect religieux, et qui n'ont pas pour elle une espèce de culte qui se confond avec celui de Dieu même. Ils obéiront encore d'une autre manière un peu moins noble, par l'influence de la peur. La loi est armée, elle doit l'être dans les sociétés. Les princes portent le glaive pour faire respecter la justice, et ils doivent être terribles à tous ceux qui sont tentés de l'enfreindre. Mais qui a peur dans les choses humaines, sinon les faibles et les petits? Les forts, les puissants, savent toujours s'arranger; il y a presque toujours des accommodements possibles avec les hommes, quand on a de quoi s'accommoder. Les lois humaines, a dit un philosophe, sont comme des toiles d'araignée; les grosses mouches les rompent et passent à travers; les moucherons seuls y restent pris. Que fera donc ce pauvre peuple, ce peuple de moucherons qui n'a pas la force de rompre la toile, s'il n'a point de conscience chrétienne? Il sera maintenu par la crainte; il ne comprendra de la loi que sa force extérieure; elle n'aura d'influence sur lui que par sa violence; le gendarme ou le sergent de ville feront sa moralité, et sa conscience, après le magistrat, sera le bourreau. Mais prenez garde! si un jour ce peuple n'avait plus peur, si, comme l'animal qui se laisse conduire, parce qu'il n'a pas la conscience de sa force, il regimbe une fois et n'obéit plus au mors, que fera-t-il? Ce que fait une force aveugle et déchaînée, qui n'a plus en elle le frein modérateur de sa puissance. Il brisera, il renversera tout devant lui, sans savoir où il va, sans savoir ce qu'il fait, à peine ce qu'il veut, et après avoir usé et abusé de son énergie, après s'être épuisé dans les violences, dans les emportements, il retombera dans la prostration, et ne trouvera de repos que dans la peur d'une nouvelle servitude. C'est le torrent de la montagne, faible ruisseau tout à l'heure, retenu dans son lit par quelques grains de sable; gonflé maintenant par la tempête, il roule ses flots en mugissant, rompt les plus fortes digues, renverse tout sur son passage, entraîne dans sa course impétueuse les rivages, les arbres, les prairies, les moissons, les habitations des hommes, et partout où il a passé, un sable aride, un terrain pierreux et déchiré remplacent une campagne fertile. Voilà ce qui peut arriver, quand les hommes ne sont maintenus que par la prudence ou par la crainte. La prudence s'en va quand ils deviennent les plus forts, ou, s'ils sont une fois démuselés, la peur les quitte et alors ils deviennent des lions et quelquefois des tigres.

Il y a encore une autre manière de respecter la loi, et de celle-ci je puis vous parler savamment, parce que je l'ai pratiquée autrefois, dans mes illusions de philosophe. C'est une certaine exaltation philosophique, qui veut être conséquente avec elle-même et s'impose à cette fin quelques sacrifices. On se fait sa science, sa morale, sa religion à soi; on y tient comme à son œuvre, et on voudrait bien réaliser l'idéal dont on est enchanté. On se propose une vertu très-élevée, sublime, héroïque; on croit l'accomplir, parce qu'on y pense souvent et parce qu'on en parle toujours. On pose volontiers sur l'échafaudage qu'on a construit avec tant de complaisance, et là on s'admire soi-même et on prend les autres en pitié. On ne

veut point se dégrader par des actions basses ou vul-
gaires , et en certaines circonstances , on trouve assez
de force dans l'amour-propre, dans l'orgueil ou
même dans la conscience de sa dignité , pour maîtri-
ser ses sens, maintenir la passion grossière , et rester
jusqu'à un certain point dans la justice. C'est une
sorte de vertu philosophique qui ressemble au stoï-
cisme, moins la force et la bonne foi. C'est un stoï-
cisme de jeunesse! Combien de temps cela dure-t-il?
Vous le savez comme moi ; une telle exaltation ne
peut pas longtemps se soutenir, et la nature , subju-
guée quelque temps par l'imagination , exaltée par
l'intelligence , reprend bientôt ses droits. D'ailleurs
on ne l'a jamais beaucoup gênée par cette vertu de
commande ; la morale qu'on se fait à soi-même n'est
pas ordinairement très-sévère , et on ne se contraint
pas gravement par une religion qu'on invente. Quand
donc la passion gronde au dedans, quand le cœur est
agité et réclame des jouissances, quand le vide se fait
sentir, on finit par se demander un jour : à quoi bon
tout cela ? car on n'est pas heureux, l'âme n'est point
remplie, et en vérité c'est se donner bien du mal
pour un bien mince résultat. Et après tout, si ma nature me pousse à me satisfaire et réclame impérieu-
sement telle jouissance , pourquoi la lui refuser? Il
faut aussi prendre garde de ne pas contrarier la nature, et n'y a-t-il pas sagesse à suivre ses inspirations?
Vous savez le reste , Messieurs, et je n'ai pas besoin
de vous dire comment finit trop souvent cette vertu
si austère , et où va se terminer et se résoudre cette
exaltation philosophique.

La seconde condition de la liberté politique est le dévouement à la chose publique ; sans ce dévouement qui sacrifie l'intérêt privé à l'intérêt de tous, la liberté d'un peuple n'est pas possible. Or, la morale chrétienne accomplit admirablement cette condition. Doctrine de justice et d'abnégation propre, elle s'accorde parfaitement avec le patriotisme, qui impose nécessairement des sacrifices aux citoyens. Le patriotisme n'est une vertu qu'à cette condition, c'est le dévouement de soi-même qui en fait la force, la dignité et la beauté. Le véritable patriotisme n'est donc, au fond, qu'une transformation et une application de la charité. Par là, il se distingue nettement du patriotisme antique et de ce patriotisme moderne que l'esprit chrétien n'anime pas, et qui est presque toujours l'exaltation de la passion, l'enthousiasme de l'orgueil ou de l'ambition. Le chrétien, qui l'est avec foi et conscience, ne peut pas se dévouer à la patrie terrestre à la manière des païens, c'est-à-dire avec fanatisme. La société de ce monde n'est pas tout pour lui ; il appartient à une société universelle qui élargit ses vues, élève ses espérances et pose son âme plus haut. Il a donc toujours une réserve vis-à-vis de la patrie, la réserve de son âme et de son éternité. Il ne peut donc pas, comme les anciens, aimer la patrie jusqu'à l'adoration : ce serait une idolâtrie.

Avant l'Évangile, les hommes vivant en société ne voyaient rien au-dessus de la chose publique. La religion se confondait avec l'État, et les citoyens appartenaient tout entiers à la patrie, âme, corps et biens. Elle représentait à leurs yeux ce qu'il y a de plus noble, de plus digne, de plus divin sur la terre. Plus la personne de leurs dieux était misérable, plus ils exaltaient la patrie où se concentrait pour eux l'idée pure de la divinité, comme tous les hommes ont besoin de la concevoir. La patrie était pour eux une espèce de mère abstraite et sensible tout à la fois, qui les nourrissait, les élevait, les instruisait, les fortifiait de sa force, les protégeait de sa tendresse et les enveloppait de sa gloire. Or le cœur humain, dans sa noble tendance, a toujours besoin de se dévouer à quelque chose et par quelque côté. Il ne peut se dévouer légitimement qu'à Dieu, et, si Dieu lui manque, à ce qui en approche le plus, à ce qui lui paraît divin. Voilà ce qui explique le patriotisme païen, espèce de fanatisme, de fureur sacrée qui est encore admirable au milieu des ténèbres de l'idolâtrie. Mais nous, qui connaissons le Dieu véritable, nous serions inexcusables de nous passionner jusqu'à ce point pour la patrie de ce monde. Notre véritable patrie est ailleurs, et la société terrestre dont nous faisons partie n'est, en définitive, qu'un moyen pour arriver à un but supérieur. J'ai des devoirs envers elle, parce que, comme membre de la corporation politique, je participe à sa vie et en reçois des bienfaits. Mais je lui dois en raison de ce qu'elle me donne, et ainsi mon dévouement à son égard a des conditions et des bornes ; car la société est pour moi, et je ne suis pas pour la société. C'est aussi une espèce de mariage où tout peut se donner de part et d'autre, sauf l'âme et sa vie éternelle. Chrétiens, ne regrettons pas le patriotisme grec ou romain : il n'est plus digne de nous, l'Évangile nous a fait une autre destinée ; le bonheur et la gloire du monde ne nous suffisent plus depuis que, participant à la loi divine, nous pouvons aspirer au bonheur et à la gloire de Dieu.

Ne soyons pas non plus la dupe de ce patriotisme moderne qu'on nous vante comme la vertu par excellence, et qui n'est trop souvent qu'une espèce de fureur aveugle, un orgueil déguisé, une ambition cachée. Certes, j'admire autant que personne les exploits, les actes de courage qu'il a pu enfanter ; mais, en définitive, l'arbre se juge par ses fruits, et je cherche les fruits de vie, de vérité, de justice et de salut que cet arbre de la liberté a donnés au monde. Je vois au dedans de grands bouleversements, des divisions, des collisions, des désordres, des échafauds, du sang, et à la suite de cette terrible commotion, une société ébranlée jusque dans ses fondements et qui ne peut retrouver son assiette. Je vois partout l'envahissement progressif de l'égoïsme et presque tous les membres du corps politique occupés de leur vie propre et cherchant à exploiter le corps entier dans leur intérêt, ce qui est tout l'opposé du patriotisme véritable, dont le sacrifice fait la vertu. Je vois au dehors des peuples foulés, des nations opprimées, des pays ravagés, toute la terre ensanglantée ; et, à la vue de ces horreurs, je ne puis m'empêcher de penser que de si désastreux effets n'ont pu sortir d'un bon principe, que le bien véritable ne s'accomplit jamais par les moyens du mal, et que cette prétendue liberté qu'on a voulu imposer aux peuples par la force, a été une illusion ou un masque. Non, ce n'est pas là le vrai patriotisme, parce que le désintéressement n'est point au fond : c'est de la passion, orgueil, ambition, amour de la gloire, tout ce que vous voudrez, excepté l'esprit de sacrifice. Le chrétien ne peut point partager l'enthousiasme factice, la fureur brutale d'une passion aveugle et désordonnée.

Qu'est-ce donc que le dévouement chrétien? C'est l'abnégation de soi-même devant la loi, en face du devoir et de la justice. Ce peut être plus encore : le sacrifice de soi-même par la charité, et cette abnégation et ce sacrifice s'accomplissent avec calme, avec force, avec persévérance, par une volonté éclairée, intelligente, qui a conscience de ce qu'elle fait, qui sait où elle va, et jusqu'où elle veut aller. Telle est la racine du patriotisme chrétien, un dévouement véritable mais mesuré, et l'abnégation sincère de son intérêt propre, mais dans certaines conditions. Le chrétien ne peut jamais se livrer tout entier aux choses de la terre; il ne se dévoue ainsi qu'à Dieu et pour Dieu. Sa foi doit donc toujours limiter, régler sa vertu politique. La liberté n'est acceptée par elle qu'à la condition de lui être conforme et soumise, et le chrétien devra toujours régner au fond de l'âme du citoyen. Oui, nous aimons la liberté, la vraie liberté; mais il y a une chose que nous aimons plus encore, c'est l'éternelle Vérité, Dieu, sa parole, sa religion, son Église et le salut des âmes. Oui, la liberté, mais avec Jésus-Christ qui en est le principe, avec la foi en la parole de Jésus-Christ, sans laquelle il n'y a point

de garantie, et, s'il fallait choisir entre la liberté politique et la foi catholique, mille fois nous renonce-
rions à la liberté pour rester fidèle à notre foi. Quand
donc on vient nous prêcher la liberté sans la foi,
contre la foi, sans Jésus-Christ, sans Dieu, sans la
religion, sans l'Église, nous disons hautement : Nous
n'en voulons point. Nous ne voulons pas de cette
fausse liberté, et c'est pourquoi on nous fait passer
pour des ennemis de la liberté véritable. Oui, nous
sommes ennemis mortels de la liberté hypocrite.
Nous la connaissons depuis longtemps ; elle est sœur
et ministre de la déesse *Raison ;* elles ont la même
origine, elles sont sorties des mêmes lieux ; le
même esprit les anime, l'esprit de l'enfer, qui les a
suscitées et dressées contre Dieu et sa vérité. Puissance de violence et de désordre, liberté échevelée,
et, si j'ose le dire, débraillée, le poignard à la main,
le bonnet rouge sur la tête et les pieds dans le sang,
voilà ce qu'on offre à notre admiration, à notre
amour, à notre dévouement, peut-être à notre adoration ! Mais nous répondons avec calme et la main
sur l'Évangile : Si c'est là ce que vous appelez la liberté, nous n'en voulons pas, nous n'en avons jamais voulu, et nous n'en voudrons jamais.

Je ne terminerai point cette conférence sur les rapports de la morale chrétienne avec la liberté politique sans répondre aux déclamations du dernier siècle
à ce sujet, qui se trouvent ramassées dans l'un des
derniers chapitres du *Contrat social.* Le philosophe
de Genève y affirme qu'une société libre composée
de vrais chrétiens est impossible, et qu'un chrétien

sincère ne peut pas être un bon citoyen. Savez-vous, Messieurs, comment le philosophe justifie ce paradoxe? Une société de vrais chrétiens, dit-il, ne pourrait subsister à cause de sa perfection même, car ces gens-là sont trop parfaits pour devenir capables d'être citoyens. Une société de vrais chrétiens ne serait plus une société d'hommes. Mais, peut-on dire, si ce ne sont plus des hommes, ce sont donc des anges; et pourquoi une société d'anges ne pourrait-elle subsister? En vérité, on ne voit pas pourquoi une association libre, fondée sur le respect de la loi et du droit et sur le dévouement à la chose commune, ne pourrait pas exister et subsister entre des anges. Il me semble que les intelligences pures doivent aimer par-dessus tout la vérité et la justice, et qu'elles peuvent être aussi capables de dévouement que les grands citoyens du *Contrat social*.

On exagère les vertus chrétiennes pour les calomnier. On dit: Le chrétien est indifférent aux choses du monde, il ne pense, n'aspire qu'à celles du ciel, donc il est incapable des affaires humaines. Et pourquoi, je le demande? Pourquoi est-il plus incapable des affaires que l'homme sans foi et sans religion? A-t-il moins d'intelligence, parce qu'il est éclairé des lumières de l'Évangile? A-t-il moins de force, de volonté, moins de courage parce qu'il est soutenu de la vertu divine? Mais il est indifférent aux choses de ce monde! Qui vous l'a dit? Est-ce que l'histoire en fait foi? Ne nous montre-t-elle pas au contraire dans ses modernes annales, depuis l'établissement du christianisme jusqu'à nos jours, de grands princes, de

grands ministres, de grands citoyens qui ont été de
vrais chrétiens et même des saints? N'y a-t-il donc
point de milieu entre l'engouement et l'indifférence?
et ne peut-on s'occuper raisonnablement, consciencieusement des intérêts et des devoirs de la terre,
tout en pensant au ciel, à Dieu et à l'éternité? Les devoirs du chrétien n'excluent point les devoirs du citoyen ; ils se soutiennent et se fortifient, bien loin de
s'entraver. Un vrai chrétien accomplira les uns et les
autres aussi bien que personne, mieux même que personne, parce que sa foi lui inspire plus de respect pour
la loi et plus de dévouement à la chose publique.

On dit encore : Le chrétien est doux et humble de
cœur, et par conséquent il est servile et lâche! Comment un homme peut-il insulter ainsi ses semblables,
qui le valent au moins, s'ils ne valent mieux que lui?
A quoi bon cet outrage gratuit, et comment l'excuser? Pourquoi donc l'humilité serait-elle une cause
de servilité? Certes, s'il en était ainsi, vous devriez
être bien forts, bien généreux, bien libres ; car ce n'est
pas l'humilité qui vous en empêche! Mais de votre
aveu même, le plus grand ennemi des sociétés libres,
le principe de la tyrannie, n'est-ce pas l'ambition?
et vous ne voulez pas que des citoyens libres soient
humbles, vous craignez qu'ils le soient trop! vous
voulez donc qu'ils soient des orgueilleux, des ambitieux! Alors vous aurez bientôt des tyrans; car le despotisme prend toujours sa source dans l'orgueil.

Les chrétiens sont des lâches parce qu'ils sont doux
de cœur! Et depuis quand? Lisez donc l'histoire depuis les apôtres, saint Paul, les martyrs, les soldats

chrétiens de l'Empire, la légion thébaine, les chevaliers des croisades, les guerriers de notre vieille France. Et enfin, de nos jours, est-ce que les chrétiens de foi et de pratique sont plus lâches que les autres ? Sont-ce des lâches, ceux qui vont aux extrémités du monde exposer leur vie pour le salut de leurs frères, bravant sur la terre étrangère toutes les souffrances, toutes les privations, toutes les persécutions pour éclairer les âmes aveuglées par les ténèbres de l'idolâtrie et leur annoncer la parole du salut ? Sont-elles lâches, ces pieuses femmes dévouées au soin des malades et des mourants, usant leur vie au milieu des souffrances et des misères, et se donnant tout entières à sauver les âmes de ceux dont elles soulagent les corps ? Encore une fois, insulte gratuite ! L'humilité n'implique point la servilité, pas plus que la douceur ne produit la lâcheté. La vraie dignité, le courage chrétien, qui a sa racine dans la conscience et s'entretient par la crainte et par l'amour de Dieu, comportent très-bien l'humilité et la douceur de cœur.

Mais, dit-on encore, le chrétien si désintéressé, tenant si peu aux choses du monde, ne peut point en traiter convenablement les affaires ! Depuis quand le désintéressement est-il si dangereux dans l'administration de la chose publique ? Il nous semblait, au contraire, qu'il est l'âme du vrai patriotisme. Certes, nous n'avons pas à regretter de nos jours qu'il y ait trop de désintéressement dans la gestion de nos affaires. Il ne serait peut-être pas mauvais d'y introduire quelques-uns de ces hommes humbles, doux de

cœur, désintéressés , de ces chrétiens qui savent dominer leurs sens et leurs passions, maintenir leur
égoïsme, sacrifier au besoin leur intérêt propre, faire
abnégation de leur orgueil ou de leur ambition , de
ces chrétiens qui administreraient la fortune de l'État
en restant pauvres, dirigeraient la force publique sans
user jamais de violence, mettraient la loi au-dessus de
tout et l'appliqueraient également à chacun, respectant scrupuleusement les droits et la dignité de leurs
concitoyens , parce qu'ils se respectent eux-mêmes ,
parce qu'ils craignent et aiment Dieu. On semble ou-
blier enfin , dans le mauvais vouloir qu'on ressent
contre le christianisme et surtout contre l'Église, que
l'histoire de la religion chrétienne est l'histoire même
de l'affranchissement du monde. L'Évangile a successivement émancipé l'esclave , la femme, l'enfant,
le serf, la commune, le peuple , et maintenant , depuis l'ère nouvelle qui vient de s'ouvrir, l'Église est
dans l'enfantement d'une société nouvelle. Elle travaille sous l'inspiration de son glorieux Pontife, mais
avec d'autres moyens que les réformateurs modernes,
à fonder et à réaliser sur la terre la vraie liberté politique, et ainsi à former des nations libres et de véritables citoyens.

SIXIÈME CONFÉRENCE.

COMMENT L'ÉGLISE, PAR SA CONSTITUTION ET SA DISCIPLINE, A FAVORISÉ LE DÉVELOPPEMENT DE LA LIBERTÉ.

————o————

MONSEIGNEUR,
MESSIEURS,

L'institution de l'Église, ou de la puissance spirituelle, réalisée et personnifiée sur la terre, est l'institution même de la vraie liberté, c'est-à-dire de la liberté de l'esprit contre la violence et l'inertie de la
matière. Le dogme catholique, vous l'avez vu, est le
principe de cette liberté, et la morale chrétienne lui
fournit ses conditions les plus essentielles et ses garanties les plus sûres. Nous avons à vous montrer
maintenant que, par sa constitution et par sa discipline, l'Église a contribué efficacement au développement de la véritable liberté dans le monde.

Messieurs, en vous exposant aujourd'hui la part de
la constitution de l'Église dans le développement de

la liberté moderne; nous n'avons pas le dessein de considérer à fond cette constitution en elle-même, ni de décider une question grave, agitée depuis long-temps et non encore résolue, savoir, quelle est la nature du gouvernement de l'Église? Est-ce une monarchie pure ou une monarchie tempérée? Cette question, agitée au Concile de Trente, y est restée sans solution, et depuis, vous le savez, des débats très-animés se sont élevés à ce sujet, en France surtout, et n'ont point donné de conclusions. Nous n'entrerons donc pas dans cette discussion, d'abord parce que notre sujet ne l'exige pas ; puis, parce que nous n'aurions point le temps de traiter la question à fond, et enfin parce que nous ne devons vous dire ici que des choses certaines, incontestées, et ainsi ne tirer nos conséquences que de principes reçus de tous, et qui ne soient pas eux-mêmes en question.

Voici donc ce que nous venons vous dire, et nous espérons vous le démontrer, c'est que l'Église catholique, par l'organisation de son gouvernement et par la manière dont elle l'exerce, a donné à la liberté politique le modèle de l'organisation qui lui convient.

Pour nous en convaincre, Messieurs, il suffit de considérer quels sont les éléments essentiels d'un État libre. J'en vois deux principaux, qui doivent se combiner, s'accorder, s'unir en se balançant l'un par l'autre pour constituer solidement l'unité sociale, tout en respectant les droits des membres de l'association. C'est d'abord l'élément général, c'est-à-dire la chose publique, l'intérêt commun, ou ce qui se rapporte à tous les citoyens. Une société, en effet, ne peut exister sans quelque chose de commun entre ceux qui la forment. Ce quelque chose de un entre tous fait le centre et le lien de l'association, et doit être représenté, personnifié et comme incarné dans l'autorité qui y préside. C'est dans la loi, expression de l'intérêt général, que tout ce qu'il y a de commun entre les citoyens doit se retrouver, se résumer, et ainsi tout ce qu'il y a de multiple, de divers, de particulier, d'individuel dans l'État doit se toucher au moins par un point, se rencontrer et se fondre dans un foyer commun pour constituer une volonté et une force communes. Sans cela point de société, point de communauté; il y a des individus, vivant ou plutôt végétant chacun de son côté, sans vie commune, sans chose publique, comme des membres épars qui ne peuvent se rejoindre, et s'épuisent bientôt par leur agitation propre. Il n'y a point de corps politique.

Mais cet élément n'est pas le seul; il y en a un second, non moins important et qui doit s'accorder avec le premier, c'est l'élément individuel ou l'intérêt privé. Car une communauté est composée d'individus; le corps est constitué par des organes et des membres divers, et dans l'association politique, chacun y apportant son âme, sa volonté, son esprit, ses facultés, toute sa personne, sa personne qui est inaliénable, sa liberté qui est imprescriptible, son intelligence qui ne doit se soumettre qu'à la vérité, chacun, dis-je, a le droit de maintenir sa personnalité et de garantir son individualité. Nous pouvons, nous devons même concéder une partie de ce droit pour entrer en société et pour y vivre ; car la chose publique ne peut se former et s'entretenir que par la contribution et les sacrifices des intérêts privés. Mais, pour rester libre, cette concession doit être volontaire. Personne ne doit me l'imposer par la force, et c'est librement, avec conscience et intelligence, que l'individualité du citoyen doit s'exécuter. Autrement, il y aurait coaction ou nécessité ; nous abjurerions les droits que Dieu nous a donnés, la haute prérogative dont il nous a investis ; notre raison renoncerait à elle-même, et notre volonté déposerait le sceptre de sa liberté. Or, Messieurs, s'il y a une vérité que le christianisme ait rendu évidente, c'est celle-ci : que les sociétés sont pour les individus, et non les individus pour les sociétés. Nous entrons dans une association politique pour notre intérêt et notre avantage. Il faut donc que nous les y trouvions, et le premier intérêt de l'homme, son avantage le plus précieux, est la conservation de sa dignité, le maintien de sa personne. Donc, dans un État bien organisé, organisé pour la liberté, l'élément général doit respecter et laisser subsister avec toutes ses conditions vitales l'élément individuel. Il faut qu'au sein de l'existence commune, et dans la chose publique, tous les individus vivent, subsistent et se meuvent librement, conformément aux conditions nécessaires de l'état social et avec l'inviolabilité de leur personne. Si ces deux éléments ne se balancent point, si l'un prépondère trop fortement, c'est au détriment de l'autre et du tout qu'ils doivent constituer. Là où la chose publique domine avec excès, les individualités sont en souffrance, et ainsi l'humanité est foulée, opprimée dans les personnes ; le but de la société politique est méconnu et manqué. Si, au contraire, l'esprit individuel s'exalte et prévaut, la chose publique est menacée, le corps politique est déchiré, dévoré par ses propres membres ; l'anarchie se prépare, et la dissolution est imminente.

Rappelez-vous maintenant, Messieurs, en face de ces considérations, ce qu'était la société grecque et romaine, et vous y trouverez à la fois les raisons de sa grandeur et de son imperfection. Vous comprendrez mieux alors pourquoi nous avons affirmé que les Grecs et les Romains, tout grands qu'ils nous paraissent, et quoique leurs vertus politiques aient jeté un grand éclat dans le monde, n'ont point connu la vraie liberté, et que leur patriotisme, admirable en plusieurs circonstances et sous quelque rapport, n'est cependant au fond qu'une sorte de fanatisme. Dans leurs constitutions, en effet, la part de l'élément général ou de la chose publique était excessive, et par conséquent la liberté, qu'elles ont fondée, tournait au détriment des individus et de l'humanité. On y tenait très-peu de compte des individus et de la famille. Le citoyen était comme le serf de la République, il lui appartenait tout entier dans ses biens, dans son corps et même dans son âme. La dignité de la personne humaine n'avait plus de refuge, et la liberté privée était absorbée par ce qu'on appelait la liberté publique. Dans la famille, la femme, l'épouse, la mère était une chose maniable à volonté et vénale au besoin, dont on pouvait user et abuser. Les anciens avaient si peu le sentiment de ce qu'il y a de sacré dans la famille, que Platon, dans sa République, veut établir la communauté des femmes en les soumettant à la même éducation, au même régime que les hommes. A Sparte, qui passe pour le modèle des républiques, les mariages, presque fortuits, étaient réglés et même contrariés par l'État, et les enfants, arrachés de bonne heure à leurs parents, qui ne devaient plus les reconnaître, devenaient la propriété de la République. Les législateurs d'alors croyaient trouver dans ces mesures barbares, et que la nature désavoue, des conditions de patriotisme pour fortifier l'intérêt général contre l'intérêt particulier. Pour faire un État libre on détruisait la famille, on violait les droits les plus sacrés de la nature, on sacrifiait la dignité de l'homme à la gloire de la République, gloire factice et inhumaine comme la liberté dont elle sort. Par la force qu'elles ont déployée, ces républiques ont pu exciter momentanément l'admiration des hommes éblouis ou trompés. Mais, au fond, il n'y a là ni vérité, ni justice, ni véritable beauté ; car la nature humaine est défigurée, opprimée, violée dans ce qu'elle a de plus cher et de plus saint. Longtemps comprimée, elle reprend toujours ses droits, et finit par repousser avec violence ce qui la torture ou la dégrade.

Puis, vous n'avez pas oublié à quelles conditions existait la liberté païenne. J'ose à peine le dire, et nous rougissons aujourd'hui d'articuler ces choses devant des hommes raisonnables. Et cependant l'un des écrivains les plus distingués du dix-huitième siècle, le philosophe de Genève, a soutenu l'excellence de cette

liberté païenne, sans reculer devant l'infâme condition
dont elle dépend. Cet apôtre de l'humanité a hautement défendu par ses arguments et maintenu par ses
doctrines ce qui dégrade le plus la nature humaine,
l'esclavage. Vous trouverez dans le *Contrat social* que
pour donner aux citoyens le temps de vaquer à la
chose publique et de s'occuper uniquement de leurs
fonctions civiques, ils doivent être débarrassés du soin
des affaires particulières, des soucis et des détails de
la vie domestique; par conséquent, ces choses vulgai-
res, indignes de leur patriotisme, réclament des mains
serviles pour les accomplir. Il fallait donc des esclaves
à ces grands citoyens, et ils ne pouvaient être capables d'exercer leur liberté que par l'asservissement de
leurs semblables. Dans la Grèce, comme à Rome, la
liberté des peuples avait sa base dans l'esclavage. Nous
autres chrétiens, nous sommes révoltés d'une telle
contradiction, d'une telle indignité. Quoi! vous ne
pouvez être libre que si votre frère devient votre esclave! Et pourquoi cette différence entre des êtres qui
ont la même nature et la même origine? Dieu n'est-il
pas le père de tous? C'est ce que les païens ne savaient
pas ou ne croyaient pas. Les philosophes eux-mêmes,
nous l'avons vu, partageaient les préjugés de la multitude : ils enseignaient que la nature a fait les uns
pour être libres et les autres pour être esclaves. La
servitude, réclamée par les législateurs de l'antiquité
comme la condition nécessaire de leur liberté politique, est la satire la plus amère de leur œuvre. Si, de
nos jours, un peuple essayait de fonder sa liberté sur
l'esclavage ou l'ilotisme, le bon sens se révolterait

l'humanité serait indignée, et l'Eglise protesterait. Elle repousserait comme des enfants indignes d'elle les oppresseurs de leurs frères.

Enfin, cette liberté antique, hostile à l'individu, ennemie de la famille, et qui réclame l'esclavage comme sa condition vitale, elle se met encore en guerre avec tout le genre humain. Tous les autres peuples lui sont suspects, odieux, et elle appelle ennemi tout ce qui lui est étranger. Tout ce qui n'était pas Grec passait pour barbare, et les Romains méprisaient souverainement tous les autres hommes, et ils les traitaient comme ils les estimaient. De là les haines nationales des peuples, qui finissaient par l'extermination ou l'asservissement. Ainsi, la liberté politique divisait les nations et les hommes au lieu de les rapprocher; elle les soulevait les uns contre les autres, bien loin de les unir; elle établissait partout la dissension, le trouble et l'inimitié, opprimant l'individu et la famille par l'État, divisant l'État lui-même en deux classes ennemies, les citoyens et les esclaves, mettant chaque république en guerre avec toutes les autres. Elle a donc fait tout le contraire de ce qu'elle devait faire, et les fruits âpres et sauvages qu'elle a produits témoignent qu'elle n'est point la vraie liberté.

Voilà l'état où l'Église a trouvé le monde quand elle a commencé à s'organiser. Elle s'est établie au milieu des restes de la civilisation romaine, vivante encore dans ses lois, ses usages, ses mœurs, ses préjugés; puis, en face d'elle, elle a vu les barbares arrivant des forêts du Nord avec une vie toute vierge et la sève exubérante de l'état sauvage, peuplades innombrables que Dieu tenait en réserve pour renouveler la face du monde corrompu, pour régénérer la civilisation avilie, quand l'heure de sa justice et de sa miséricorde aurait sonné. L'Église s'est trouvée entre ces deux fractions de l'humanité, au milieu de ces deux forces contraires. D'un côté, le monde romain en décadence, démoli pour ainsi dire et menaçant ruine ; de l'autre, un monde nouveau, barbare, sauvage, plein de la force et de l'ardeur de la jeunesse, mais en même temps de l'ignorance, de l'inexpérience, de la grossièreté et de toutes les passions brutales de la vie instinctive. Or, ce qui domine dans un pareil état, c'est le moi personnel, individuel, l'égoïsme naturel avec tout l'emportement de l'instinct, avec tout l'entraînement de la passion. Qui unira entre eux des hommes si forts, si impatients de toute gêne, si jaloux de leur liberté individuelle ? les liens du sang, les mœurs, les coutumes, les relations des familles entre elles, les liaisons de la vie journalière, et par-dessus tout l'affection du cœur, l'attachement de l'homme à l'homme, le besoin d'aimer qui se trouve partout, dans le Barbare comme dans l'homme civilisé. Le Barbare aime à la manière du Barbare, c'est-à-dire avec ardeur, avec une espèce de fureur, avec jalousie, mais aussi avec fidélité ; il se donne tout entier là où il croit trouver sa jouissance, son soutien, son intérêt et sa gloire ; il s'attache volontiers à celui de ses semblables qui lui paraît le plus brave, le plus fort et le plus généreux. C'est le chef et le prince de son choix, et c'est volontairement, librement, par estime, par admiration ou par affection, qu'il lui soumet son indépendance personnelle. L'élément individuel dominait donc au milieu des peuplades barbares ; l'intérêt instinctif ou réfléchi était le principal mobile de leurs actions, et ils ne s'unissaient les uns aux autres que par les affections du cœur, toujours individuelles, par l'attachement exclusif de l'homme à l'homme, en raison des sympathies, des qualités éminentes et des circonstances. Là se trouve la racine du gouvernement féodal qui groupe les guerriers, les familles et les serviteurs autour d'un chef choisi ou accepté, qui doit les protéger et les soutenir en retour de leur attachement, de leur fidélité et de leurs services. Sous un tel régime, comme dans la famille, la loi est peu de chose, et les affections personnelles, les sentiments du cœur sont tout. On se dévoue à un homme parce qu'on l'aime, et non à la justice, à la vérité, à la loi. Il y a, au contraire, une grande répugnance pour la loi, pour tout ce qui gêne et ressemble à un joug. On lui rend hommage quand on ne peut pas faire autrement. Elle ne se fait reconnaître et respecter que par la force dont elle est armée. Il faut qu'elle soit réalisée, personnifiée dans la volonté d'un homme pour être comprise et obéie.

Entre ces deux mondes, l'Église, puissance nouvelle et toute spirituelle, doit en former un nouveau, composé des éléments qu'elle trouve devant elle au moment où elle va s'organiser elle-même, savoir : le paganisme d'un côté, avec sa vieille civilisation, pleine d'erreurs, de préjugés et de corruption; les Barbares de l'autre, avec les instincts, les sentiments et les passions de leur jeune existence. L'Église est envoyée aux

uns et aux autres pour les convertir, pour les régénérer; et afin de les élever à elle, elle commencera par
s'abaisser à leur niveau, à l'exemple de son divin Maître, se faisant tout à tous pour les sauver tous. Mais
elle ne s'approche d'eux que pour les rapprocher
d'elle, en se proportionnant à leur faiblesse, à leur
misère. Elle se les rendra peu à peu conformes, chacun à sa manière, et elle finira par fondre dans l'unité
d'un même corps des éléments si opposés; car il lui
a été dit : Il n'y aura plus ni Grec ni Barbare, ni
hommes libres ni esclaves, mais seulement des enfants
de Dieu, rachetés par le sang de Jésus-Christ et appelés à la vie éternelle. Pour réunir ces deux peuples,
l'Église a combattu ce qu'il y avait d'exagéré, d'exces-
sif dans chacun, et après les avoir instruits et façon-
nés par sa doctrine, par ses préceptes, par sa discipline, et surtout par sa charité, elle en a fait un seul
peuple, une unité mixte, une individualité nationale,
composée de deux éléments balancés l'un par l'autre,
et de là ce qu'on a appelé depuis le *gouvernement
tempéré,* où l'intérêt général doit se combiner avec les
intérêts particuliers, où la chose commune domine
assez pour que l'unité de la société soit maintenue et
que l'intérêt public, exprimé par la loi, prévale dans
tout ce que font les individus; où cependant, d'un
autre côté, l'individu conserve ses droits et maintient
son indépendance relative, en ne cédant à la société
que ce qui lui est nécessaire pour y vivre, et, ainsi,
reste libre en obéissant à la loi et subordonnant son
intérêt propre à la chose publique.

Voilà l'idée essentielle d'un gouvernement libre,

11

quelle que soit l'organisation ou la forme qu'il revête.
Je dis que partout où la vraie liberté politique exis-
tera, vous devrez avoir ce balancement des intérêts
individuels par les intérêts généraux, de la chose
privée par la chose commune. Là où la chose commune dominera avec excès, il y aura oppression des
individus ; donc, point de liberté vraie. Là où les
intérêts privés l'emporteront, la chose publique sera
menacée, l'anarchie sera à la porte. Il faut donc qu'il
y ait proportion juste, mélange exact, tempérament
parfait, accord intime, fusion de l'un et de l'autre.
L'Église a enseigné au monde moderne cette vérité,
qui est devenue la base de la vraie politique, et elle
l'a enseignée par son exemple, par le fait plus que par
la parole ; car elle a appris aux peuples à faire ce
qu'elle a fait elle-même dans sa propre organisation,
et les peuples, sans s'en apercevoir, se sont constitués
à sa ressemblance.

A l'exemple de la Providence, dont elle est le représentant sur la terre, l'Église catholique embrasse
tous les hommes dans sa sollicitude maternelle, son
regard atteint jusqu'aux extrémités du monde, et rien
de ce qui est humain ne lui est indifférent ou étranger.
Établie sur la terre pour y fonder le royaume de Dieu,
et réunir tous les hommes dans l'unité d'un même
corps, elle est appelée à exercer un gouvernement universel ; elle a l'ambition de régner sur tous les hommes,
sur leur intelligence par la lumière de la vérité, sur
leur cœur par le feu de la charité, sur leur volonté par
la persuasion, sur toute leur personne par le dévouement chrétien. Elle prétend former sur la terre une

société universelle, la société catholique, et cette société doit vivre en ce monde, non pas de la vie du
monde, mais de la vie même de Dieu; car Dieu en est
le centre. Jésus-Christ est la tête de ce corps immortel,
et tous les membres qui le composent sont animés de
sa vie, qu'ils reçoivent dans les eaux du baptême avec
le sang du Rédempteur. Et comme la vie est dans le
sang, les membres du corps de Jésus-Christ, tous ceux
qui font partie de l'Église ne peuvent vivre de sa vie
que par la participation à son sang divin. Voilà pourquoi il est prescrit de boire une fois par an le sang de
Jésus-Christ et de manger sa chair adorable, afin de
soutenir en chaque chrétien la vie divine, de ranimer la sève du ciel, de rattacher chaque membre à
l'existence générale du corps et de le retremper pour
ainsi dire dans la vie même de Dieu.

D'un autre côté, l'Église, comme la Providence encore, tout en embrassant tous les hommes dans sa sollicitude universelle, suit les individus de son œil ma-
ternel et s'inquiète des plus petits organes dans le
corps et des parties les plus chétives. Elle considère à
la fois l'ensemble et les détails; son gouvernement
s'applique aux intérêts les plus généraux de l'humanité et aux besoins particuliers de chaque âme. L'É-
vangile nous assure que pas un cheveu de notre tête
ne tombera sans la permission de Dieu. Il nous dit,
en nous montrant les oiseaux du ciel et les fleurs des
champs, que Dieu a soin de toutes ses créatures, de
celles surtout qu'il a faites à son image; et que les âmes
des hommes, qui lui ressemblent, lui sont certainement
plus chères et plus précieuses que toutes les autres.

L'Église n'abandonne point ses enfants au *Destin*, au *Fatum*, à l'*inflexible Némésis*; elle ne les laisse point en proie à l'action mécanique et aveugle des lois générales, qui les meut ou les broie fatalement, pendant que Dieu se repose et que les hommes dissertent. Elle nous apprend que, si nous sommes soumis à l'influence des lois générales, nous sommes aussi l'objet d'une providence particulière; que Dieu a soin du plus chétif individu comme de l'humanité entière, et la preuve, c'est qu'il a préposé à la garde de chacun de nous un de ses anges pour nous protéger, nous surveiller, nous prémunir contre le mal et nous exciter au bien. Elle nous enseigne encore que l'âme humaine a une immense valeur, puisqu'elle a été rachetée au prix du sang d'un Dieu; elle veut que les âmes qu'elle régénère conservent la pureté qu'elle leur donne, la dignité qu'elle leur imprime et l'indépendance spirituelle qu'elle leur a conquise. A ses yeux, c'est une grande chose que le salut d'une âme; et le retour à la vertu d'un seul pécheur excite au ciel et parmi les anges des joies ineffables.

Ainsi l'Église maintient les droits de l'individu, la dignité de la personne au milieu de la chose publique. Pleine de respect pour l'homme, elle a appris aux gouvernements de la terre à le respecter à leur tour. Elle a toujours réclamé, protesté en faveur des opprimés. Les faibles, les petits et les pauvres ont toujours trouvé en elle un refuge et une protection. Ainsi, par son exemple et par son influence, se sont accordés, balancés et tempérés l'un par l'autre, dans l'administration des affaires humaines, l'élément général et l'élément particulier, la chose publique et la chose privée, les intérêts de tous et les intérêts de chacun. La justice, la vérité et le bon sens ont été introduits dans le gouvernement des peuples. Un sage tempérament s'y est établi, qui a sauvé les individus de l'oppression et la société de l'anarchie. Les droits de tous et de chacun ont été respectés; le bien privé s'est encore augmenté de l'accomplissement du bien public, et l'Église, qui par son dogme avait déjà donné à la liberté son principe, et ses conditions les plus essentielles par sa morale, lui a encore enseigné par son exemple la vraie manière de s'organiser et de se consolider.

Mais ce n'est pas tout, Messieurs; à cette organisation de la chose publique bien gouvernée, dont l'Église a fourni le modèle par sa constitution, par le mode de sa propre organisation, elle a encore ajouté, dès l'origine de son établissement sur la terre, les garanties les plus libérales, comme vous allez le voir.

Quelle est la première condition de la liberté politique? A coup sûr, c'est la souveraineté de la loi, c'est-à-dire que la loi soit au-dessus de tout dans l'État, et que personne ne puisse se mettre au-dessus d'elle. N'obéir qu'à la loi, qui est la même pour tous, et devant laquelle tous doivent s'incliner, parce qu'elle exprime l'intérêt commun, donc la justice, et à ce titre la volonté de Dieu dans la société; obéir à la loi comme à Dieu même, qui veut la fin de la société, le bien de tous, et par conséquent les moyens de cette fin, telle est la première garantie des libertés publiques, la sauve-garde la plus sûre de la dignité du citoyen. Or, qui est-ce qui règne souverainement dans l'Église? Dieu

seul. Comment Dieu y fait-il connaître sa volonté?
Par sa parole. La parole de Dieu, écrite ou traditionnelle, voilà, dans l'Église, la loi souveraine devant laquelle tout le monde s'incline. Voilà l'autorité sans
appel qui décide toutes les discussions, tranche toutes
les difficultés, résout toutes les questions. Ainsi les
rois et les peuples ont appris, par l'enseignement et
par la pratique de l'Église, qu'il y a au-dessus des
volontés humaines quelque chose d'immuable, d'inviolable, qui doit les régler et les maintenir, la volonté
divine; que cette volonté, principe de la justice et
de la vérité, a été rendue sensible aux hommes par la
parole révélée, laquelle a été imposée à tous et pour
tous, comme la loi positive et souveraine de leurs
actes.

Une autre chose essentielle à un État libre, c'est
l'égalité devant la loi. Or, considérez ce qui s'est
toujours passé dans l'Église à ce sujet. De tout temps
elle a proclamé l'égalité naturelle de tous les hommes
devant Dieu; et dans sa manière de gouverner, elle
les a toujours traités comme des égaux. Comme il n'y
a qu'un Dieu, un Seigneur, un baptême, il n'y a
eu aussi qu'un pasteur, un bercail et un troupeau;
comme il n'y a qu'une foi, la foi catholique, il n'y a
eu aussi qu'une loi, la même pour tous. L'Église n'a
jamais eu deux poids et deux mesures. Je ne sache
pas qu'elle ait un Évangile pour les uns et un Évangile pour les autres; la bonne nouvelle est pour tous
et est annoncée à tous. Je ne sache pas qu'elle ait
deux espèces de dogmes, les uns pour les hommes
libres, les autres pour les esclaves. Il n'y a ni libre ni

esclave devant la parole éternelle. Je ne sache pas qu'elle ait une double morale, l'une pour les puissants, et l'autre pour les faibles. Les préceptes de la morale chrétienne s'imposent à tous, quelle que soit leur condition, leur richesse, leur force, qu'ils soient sur le trône ou sous le chaume, revêtus de la pourpre ou de la bure, ignorants et savants, faibles et forts, rois et peuples. La discipline, comme la morale, est la même pour tous, et s'applique à tous également. Voilà ce qui a toujours existé dans l'Église depuis son origine. C'est donc elle qui a fondé le droit commun, que les anciens ne connaissaient pas.

De l'égalité devant la loi découle, par une conséquence naturelle, l'admissibilité de tous les citoyens aux emplois et aux dignités de l'État, et c'est une autre condition de la liberté politique, condition équitable s'il en fût jamais, que tous ceux qui participent aux charges de l'association aient aussi part à ses bénéfices. Regardez l'Église, voyez ses apôtres, ses princes, ses souverains pontifes! Des bateliers ignorants, de pauvres pêcheurs, des artisans sans lettres, de simples pâtres mêlés aux savants, aux riches, aux puissants de la terre! Elle ne fait exception de personne; elle appelle à la vigne du Seigneur tous les ouvriers et à toutes les heures du jour; elle ne leur demande qu'une chose, la bonne volonté de travailler, le zèle, le dévouement au service du divin Maître et pour le salut des âmes. Elle n'exclut que la mauvaise volonté et l'incapacité. Sous ce gouvernement vraiment libéral, chacun peut parvenir à tout, et ainsi toutes les chances sont laissées au mérite, à la capacité, à l'étude, au travail et surtout à la vertu. Que voulons-nous de plus aujourd'hui, Messieurs ? N'est-ce pas ce qui est demandé par tant de voix et avec tant d'instance? On se plaint de nos jours avec amertume, et peut-être point sans raison, que les capacités sont exclues, ou mises en arrière. L'Église, au contraire, les a toujours accueillies, provoquées, poussées en avant; et, en vérité, les gouvernements, qui se disent encore chrétiens, feraient bien de l'imiter un peu plus en cela ; il est à croire qu'ils ne s'en trouveraient pas plus mal, en ce moment surtout.

Dans un État libre, l'élection doit jouer un grand rôle ; elle doit appeler les plus dignes aux emplois et aux charges de l'État. Eh bien! dans l'Église, tout est électif, tout est élu, depuis le souverain pontife jusqu'au simple prêtre, et l'élection est en raison de la capacité, de la science et de la vertu. Je vous défie de trouver dans le monde un gouvernement plus libéral sous ce rapport. L'élection renouvelle perpétuellement la hiérarchie, en sorte que l'hérédité, qui souvent conserve, propage et augmente les abus, est complétement exclue et laisse toutes les chances au mérite personnel.

Enfin, dans un État libre, tous ont un droit égal à la sollicitude du gouvernement, à la protection bienveillante de l'autorité. C'est ce qui s'est toujours fait dans l'Église d'une manière admirable. Sa tendresse est comme celle d'une mère, et, à l'exemple de Jésus-Christ, elle préfère les petits, les pauvres, les faibles, tous ceux qui souffrent. Voilà ses enfants chéris, les objets de sa prédilection. *Sinite parvulos ad me venire.* Laissez venir à moi les petits enfants ; car le royaume du Ciel est à ceux qui leur ressemblent. *Beati pauperes*, heureux les pauvres ; car le royaume du Ciel est pour eux. Venez à moi, vous tous qui êtes chargés, et je vous soulagerai ; vous tous qui souffrez, et je vous consolerai. La sollicitude de l'Église, qui s'étend jusqu'aux extrémités de la terre et embrasse tous les pays et tous les peuples, l'humanité entière, s'attache néanmoins à chaque fidèle, le dirige et le soutient dans son développement moral, et pourvoit abondamment à tous les besoins de son âme par une direction particulière, au milieu de l'administration universelle du monde catholique. Encore une fois, n'est-elle pas vraiment l'image de la Providence, la Providence elle-même sur la terre, qui soigne le brin d'herbe comme le chêne, le ciron comme le monstre des mers, et qui semble même se poser avec plus de complaisance dans les choses les plus petites, parce que la faiblesse de l'instrument y fait éclater davantage sa puissance et son amour? Ainsi de l'amour de l'Église pour les plus faibles, pour les plus petits de ses enfants. A coup sûr, ce n'est pas ainsi que se comportent ordinairement les gouvernements du monde. Leur sympathie est plus pour les puissants et les riches, que pour les petits et les pauvres.

Il y a dans l'Église catholique deux institutions remarquables et qui ont singulièrement contribué à l'établissement de la liberté politique : c'est d'abord l'institution des conciles, qui sont comme les États généraux ou provinciaux de l'Église. Dans les con-

ciles, et vous les trouvez à l'origine de l'Église, tout
se décide au milieu de la discussion la plus libre et
à la pluralité des voix. Les questions les plus graves
sur le dogme, la morale, la discipline, y sont agitées,
résolues, définies avec l'assistance de l'Esprit de
Dieu, mais aussi avec la coopération intelligente et
libre de l'esprit des hommes. *Visum est Spiritui
sancto, et nobis.* Il a semblé bon au Saint-Esprit et à
nous, disent les apôtres au premier concile de Jéru-
salem. Puis, ce qu'on n'a pas assez remarqué peut-
être, c'est que la tenue des conciles a donné au monde
moderne l'idée et la pratique du *système représentatif,* inconnu à la politique ancienne. Les Grecs et les
Romains ne soupçonnaient pas qu'on pût exercer la
liberté par représentation, et les admirateurs exclu-
sifs des anciens parmi nous, l'auteur du *Contrat social,* par exemple, repoussent hautement cette forme
de gouvernement comme une illusion ou comme une
imposture, sous le prétexte que la liberté est personnelle et ne peut être représentée. Si ce philosophe dit
vrai, il faut condamner à la servitude les grandes
nations, dont tous les membres ne peuvent s'assembler à la fois sur une place publique. Les petites sociétés auront le privilége de la liberté, et c'est la
conclusion du *Contrat social,* qui, pour le dire en
passant, est aussi étroit dans ses vues gouvernementales que faux dans ses principes et impertinent dans
sa critique de tout ce qui ne lui ressemble pas.

Grâce à Dieu le système de la représentation est
fondé en nature et en raison. Le père, dans l'ordre naturel, est représenté par son fils, par ses enfants, et ra-

tionnellement, là où je ne puis apporter en personne
ma pensée, ma volonté et ma voix, je puis, par pro-
curation, les confier à un autre. Dans les affaires politiques comme dans les affaires civiles et privées, je
puis charger un autre de consentir à ma place, et,
alors, mon représentant, c'est moi, et je vote librement par mon délégué. L'exercice indirect, médiat
de la liberté, est donc légitime; les plus grands
peuples peuvent en jouir, et nous sortons ainsi du
cercle étroit du citoyen de Genève. Quoi qu'il en
soit, on trouve dans l'Église catholique, dès ses
commencements, la pratique du système représentatif. Les conciles n'ont de valeur et de vertu que
par la représentation de l'Église; de l'Église universelle, quand ils sont œcuméniques; d'une partie
plus ou moins grande de l'Église, quand ils sont na-
tionaux ou provinciaux. Dans tous les cas, la voix
des évêques présents est celle de leurs églises, et la
décision d'un concile général, qui peut n'être composé que d'un certain nombre d'évêques, est, en
vertu de la représentation, la décision de l'Église catholique tout entière. Cette explication de l'origine
du gouvernement représentatif, dont l'Église aurait
donné la première l'idée et l'exemple par ses conciles,
me semble aussi plausible que l'opinion de Montes-
quieu, qui va la chercher au fond des forêts de la
Germanie, et celle de Rousseau, qui la fait sortir des
embarras de la féodalité.

Une autre institution du catholicisme qui a été
favorable à la liberté politique, et à la première vue
on ne s'en douterait pas, c'est, Messieurs, le célibat

ecclésiastique. Vous êtes surpris de cette assertion,
et je le conçois. Il y a peu de points de la discipline
catholique qui aient excité plus d'opposition, plus de
colères et plus de calomnies. Les ennemis de l'Église
ont tant déclamé et déblatéré contre le célibat du
prêtre, contre le monachisme et tout ce qui s'y rapporte, ils ont versé dans le monde, par leurs discours
et par leurs livres, tant de faussetés, d'outrages et d'absurdités sur ce sujet, qu'à la longue un préjugé s'est
formé, qui s'est glissé jusque parmi les catholiques.
Aussi je suis charmé que cette remarque ait été faite
de nos jours par un écrivain protestant et consignée
dans un des meilleurs ouvrages dont le siècle s'honore,
*l'Histoire de la civilisation en France depuis la chute de
l'Empire romain.* Il y est dit en substance (car je ne
puis en ce moment me rappeler les expressions, mais
je crois être sûr du sens), que le célibat ecclésiastique, contre lequel on a tant crié, déclamé, est cependant une des garanties de la liberté moderne, en
ce sens qu'en donnant au clergé les moyens efficaces
de fonder une corporation vaste et puissante, ce qui
était nécessaire à l'institution de l'Église catholique,
il l'a empêché de former une caste; car l'esprit de
caste, qui s'établit et se propage par la filiation naturelle, par la perpétuité de la famille, est ce qu'il y
a de plus contraire à la liberté politique, parce qu'il
enchaîne les individus dans des cadres immuables,
les absorbe dans un intérêt particulier contre l'intérêt
général, et tend à fixer et à consolider des préjugés
et des prétentions opposées à la chose publique, ou
qui, du moins, s'en écartent par la succession des

générations. Le clergé catholique, au contraire, en se renouvelant toujours dans sa hiérarchie et dans sa milice, participe au mouvement du siècle, qu'il doit diriger dans les voies de Dieu; il se met en harmonie avec les hommes de son temps, en tout ce qui est nécessaire pour les mieux connaître et pour les instruire; et formant un corps puissant, qui se conserve uniquement par le consentement intelligent et libre de ses membres, il a combattu le droit héréditaire par son institution même, et fait triompher le droit commun.

J'ai dit en commençant, Messieurs, que la discipline de l'Église a aussi favorisé le développement de la liberté moderne. Je ne puis ajouter que quelques mots, à cause du temps qui nous presse. La discipline catholique est éminemment libérale, Messieurs, parce qu'elle est toute spirituelle, toute morale, et n'emploie que des moyens analogues à sa nature, et par conséquent les plus conformes à l'esprit de la vraie liberté, qui agit sur les volontés par les lumières de l'esprit, par la persuasion du cœur, et jamais par la violence extérieure ou pour la contrainte. La discipline, en général, a deux choses à faire, *diriger* et *redressser*. L'Église dirige ses enfants par des règlements qu'elle impose sans force extérieure, sans coaction, et qu'elle recommande à l'observation consciencieuse des fidèles. Chacun les suit, s'il le veut et comme il le veut, aux risques et périls de sa conscience. L'Église n'y contraint personne par des moyens extérieurs, et si jamais on les employait en son nom, elle les désavouerait. Les violences du bras séculier ne sont pas du fait de l'Eglise, et si le glaive temporel est venu par-fois s'associer au glaive de l'esprit, sous le prétexte de ramener plus efficacement les âmes et d'étendre plus énergiquement et plus rapidement le royaume de Dieu, l'Église, à qui la force brutale répugne et qui veut par-dessus tout gagner les âmes, parce qu'elle est la puissance spirituelle, ne peut en être responsable, même quand l'imprudence de quelques-uns de ses ministres aurait amené cet excès.

La discipline redresse ce qui a dévié, par le juge-ment qui condamne et par le châtiment qui punit. Or l'Église, comme sa nature le comporte, a toujours été infiniment juste et douce dans ses jugements. Elle avertit d'avance et à plusieurs reprises par des monitions, elle interroge les prévenus et les écoute, elle entend les témoins, elle fait de longues enquêtes, et dans la discussion des réponses, des témoignages et des renseignements, bien loin de vouloir trouver un coupable, comme il arrive quelquefois au tribu-nal des hommes, elle cherche toujours un innocent. Quant à ses châtiments, ils sont tout moraux, tout spirituels, ou quand les effets de la pénitence vont jusqu'à la mortification du corps, ils sont toujours acceptés librement et accomplis volontairement par ceux qui en ont besoin. Enfin, le but du système pé-nal de l'Église en montre l'excellence et la vérité; elle ne cherche point dans le châtiment une vindicte ou une réparation par la douleur du coupable; elle punit toujours pour corriger, pour amender, pour ramener au bien le malheureux qui s'en est écarté; elle ne veut pas que le pécheur périsse ou souffre,

mais qu'il se convertisse et vive. Tel est l'esprit du
système pénitentiaire que l'Église catholique suit et
pratique depuis dix-huit siècles, et que nos philan-
thropes modernes se vantent d'avoir découvert hier.

Nous avons donc le droit d'affirmer, en terminant,
que l'Église catholique, par sa constitution et par sa
discipline, a contribué efficacement au développement de la vraie liberté dans le monde. Par l'organisation de son gouvernement et par la manière dont
elle l'exerce, elle a fourni aux États modernes le modèle et la règle de la véritable organisation de la liberté. Dès son origine et dans tous les siècles, elle en
a donné aux hommes les conditions essentielles et les
garanties libérales, savoir : la souveraineté de la loi,
l'égalité de tous devant la loi, l'admissibilité de chacun aux emplois et aux dignités, l'appel des plus dignes aux fonctions du pouvoir par l'élection, la protection de l'État distribuée également sur tous, et
même sur les pauvres et les faibles de préférence.
Puis, dans ses conciles, où elle a fait prévaloir la
libre discussion, elle a enseigné aux peuples la théorie et la pratique du système représentatif, condition *sine quâ non* de la liberté chez les grandes nations. Par le célibat religieux, elle a détruit l'esprit
de caste et fait triompher le droit commun sur le
droit héréditaire; et enfin, par sa discipline pleine
d'équité, d'intelligence et de douceur, elle conduit
les hommes par la persuasion, et s'ils s'égarent, elle
ne les châtie que pour les redresser, et les corrige
pour les rendre meilleurs et plus heureux.

Messieurs, je suis obligé de terminer aujourd'hui

ces conférences. Je croyais avoir encore un jour à vous donner, mais j'étais dans l'erreur. L'orateur célèbre qui doit venir après moi a réclamé ce dimanche, et je me suis empressé de le lui céder. Je ne descendrai point de cette chaire, Messieurs, sans vous remercier cordialement de l'attention intelligente, bienveillante et vraiment sympathique que vous m'avez accordée. Nous avons agité devant vous de hautes questions, nous avons institué des discussions bien sérieuses, et, je dois le dire, vous avez été au niveau des unes et des autres. Unissons-nous donc en ce dernier moment dans une même pensée, dans une même prière, et remercions ensemble le Dieu de bonté qui nous a si sensiblement secourus dans une entreprise qui n'était pas sans péril. Rendons grâces au Père des lumières, à Celui duquel descend tout don parfait, reportons vers lui avec gratitude le peu de bien qui peut avoir été produit; et après lui, Messieurs, remercions son représentant dans cette église; le prélat qui préside au gouvernement de ce beau diocèse, notre digne archevêque, qui nous a si généreusement ouvert la carrière, nous a frayé le chemin par ses paroles, par son exemple, nous y a soutenus jusqu'au bout par ses conseils, ses encouragements, sa bonté; et maintenant que nous voici parvenus au terme, sans danger, je le crois, avec quelques fruits, je l'espère, demandons-lui, en confirmation de ce qui a été fait, sa bénédiction épiscopale.

SEPTIÈME CONFÉRENCE [1].

COMMENT L'ÉGLISE CATHOLIQUE PERMET DE DÉFENDRE LA LIBERTÉ.

————•◦•————

Nous avons tâché de prouver dans les conférences précédentes, que l'Église catholique, dépositaire et ministre de la parole de Jésus-Christ, en enseignant au monde cette divine parole, lui a fait connaître la vraie liberté, conséquence de la doctrine évangélique : que l'institution de l'Église, puissance spirituelle, toute morale, posée divinement en face des puissances de la terre pour leur apprendre les choses du ciel, les éclairer et les modérer dans l'exercice de leur force, a été l'institution même de la liberté de l'esprit en face de l'inertie et de la nécessité de la matière, de l'esprit, dont le caractère, la gloire est de

[1] Cette Conférence, qui n'a pu être prononcée à Notre-Dame, a été écrite après la révolution du 24 février 1848.

12

se mouvoir, d'agir par lui-même au moyen de l'intelligence et du libre arbitre : que l'esprit de l'Église, esprit de lumière, de douceur et de charité, qui exclut la coaction violente et n'emploie que des moyens moraux, propres à agir sur la raison par la vérité, sur la volonté par l'amour, est l'esprit même de la liberté, qui ne cède qu'à la conviction, à la persuasion : que le dogme catholique, qui a posé si nettement la personnalité et la liberté souveraine de Dieu, la personnalité intelligente et libre de l'homme, fait à l'image de son créateur, la fraternité de tous les hommes parce qu'ils sont tous enfants de Dieu, l'égalité de tous, en raison de leur fraternité, a jeté dans le monde les principes de la liberté sociale, que la morale chrétienne a développés en apprenant aux hommes à aimer Dieu par-dessus tout, et son prochain comme soi-même, plus que soi-même, c'est-à-dire en leur enseignant le respect de la loi et le désintéressement, conditions essentielles de la liberté politique : enfin, que la constitution même de l'Église catholique, où l'universel s'harmonise admirablement avec le particulier, a donné à la société moderne l'idée et l'exemple de la meilleure forme de gouvernement, du gouvernement tempéré, qui accorde les exigences de la chose publique avec les droits de l'intérêt privé. Il est donc démontré, au moins pour nous, que la doctrine catholique, et l'Église qui l'enseigne, ont puissamment contribué à l'établissement de la liberté moderne. Mais si l'Église a eu tant d'influence pour fonder et développer la liberté politique, elle ne doit pas être moins utile pour la défendre et la conserver : c'est ce qui nous reste à exposer dans cette dernière conférence.

C'est encore un préjugé généralement répandu, et les ennemis de l'Évangile et surtout de l'Église catholique cherchent à l'entretenir, que le chrétien, comme homme ou comme citoyen, ne sait pas défendre ses droits; que sa foi, et l'esprit d'humilité et de charité qu'elle lui inspire, lui ôtent le courage ou la volonté de résister à l'injustice, et qu'il aime mieux la subir avec patience pour en avoir le mérite devant Dieu, que de la repousser avec énergie, selon son droit, et de combattre avec persévérance. C'est pourquoi on le déclare incapable ou indigne de la liberté politique.

On confond ici deux choses très-différentes, le précepte et le conseil, la justice et la perfection, le naturel et le surnaturel. Que celui qui aspire à la perfection chrétienne renonce à son droit et se laisse violenter par l'iniquité pour se détacher mieux des choses terrestres, il en est le maître, comme le riche est le maître de distribuer ses biens aux pauvres, comme le puissant du siècle d'abandonner les honneurs du monde, afin de suivre Jésus-Christ de plus près et de monter avec lui au Calvaire. Il en est le maître, mais personne ne peut l'y obliger, et s'il veut tenir à son droit et le défendre, personne non plus ne peut l'en empêcher; et l'Église, qui lui conseillera peut-être le plus parfait, le renoncement, l'abnégation de soi-même, ne le blâmera point, assurément, de défendre ce qui lui appartient et de

repousser vigoureusement et par tous les moyens légitimes les attaques contre son droit.

Or, dans la vie sociale, dans l'ordre politique, il ne
s'agit point de la perfection chrétienne ni de l'ordre
surnaturel, mais de la stricte justice. Tout s'y fait et s'y
traite selon le droit de la nature, avec ses conditions
et dans ses limites, c'est-à-dire conformément à l'é-
quité naturelle, toujours reconnue et sanctionnée
par la parole évangélique. L'Église enseigne théolo-
giquement que rien ne peut prescrire contre le droit
naturel, qui doit en tout état de choses avoir son
cours, et trouver son accomplissement. C'est ce qui
ressort de la réponse de Jésus-Christ au jeune homme
riche qui l'interroge sur le moyen d'acquérir la vie
éternelle. As-tu accompli toute la loi? — Oui. — Eh
bien! si tu veux être parfait, vends ce que tu pos-
sèdes, donne-le aux pauvres et suis-moi [1]. Il est donc
prescrit aux chrétiens de commencer par observer la
loi dans toute sa teneur; car celui qui la viole en un
point la viole tout entière; et par conséquent, de la
faire observer, autant qu'il dépend de lui, dans toutes
les circonstances où il est placé, dans tous les rapports qu'il soutient, dans sa vie de famille comme
dans sa vie sociale. Il lui est donc permis, et même
ordonné, de défendre son droit tout en remplissant
son devoir, et ainsi de résister à l'injustice, à l'oppression, à la tyrannie, autant qu'il le pourra et par
tous les moyens légaux, de quelque côté qu'elles viennent, et quels qu'en soient les instruments.

[1] Matth., XIX, 17.

Les adversaires de l'Église, désirant la ruiner dans l'estime et l'affection des peuples, l'ont représentée comme la citadelle du despotisme, l'arsenal du pouvoir absolu, non-seulement l'exerçant avec rigueur dans son propre sein par l'administration ecclésiastique, mais encore cherchant toujours à l'établir ou à le soutenir autour d'elle pour étendre son autorité, assurer son empire et dominer tout le genre humain par le double joug de la puissance spirituelle et du pouvoir temporel. Ils ont cru trouver la raison de ces accusations dans les propres maximes de l'Église, qu'ils n'ont point comprises, ou plutôt qu'ils ont voulu comprendre mal, comme il arrive toujours à la partialité de la passion. Ils ont voulu voir dans les paroles apostoliques, qui recommandent à tout chrétien d'obéir aux gouvernements de la terre, l'ordre positif, absolu, d'obéir à toute puissance, quelle qu'elle soit. Il importe donc de montrer que ces paroles, si souvent alléguées en faveur du despotisme, et pour justifier l'obéissance passive, ne signifient nullement ce qu'on leur fait dire; que l'Église n'y a jamais vu une consécration du fait contre le droit; mais qu'au contraire, dans sa sagesse divine, qui apprécie toutes choses au point de vue et par la mesure de l'éternité, ne se faisant pas juge des droits terrestres qu'elle n'a pas la mission de défendre, les laissant subsister tels qu'ils sont selon la loi naturelle et les lois humaines, elle s'inquiète par-dessus tout d'une seule chose, l'ordre dans la société, la paix publique, la justice commune, afin que les peuples, profitant des avantages de l'état social pour s'instruire et s'améliorer, con-

naissent mieux les intérêts supérieurs de leur âme,
et se rendent plus capables de comprendre, de recevoir et d'apprécier les dons du ciel, dont elle est l'u-
nique dispensatrice.

La doctrine de l'Église catholique à cet égard est
fondée sur les paroles suivantes de saint Paul : « *Omnis
anima potestatibus sublimioribus subdita sit : non est
enim omnis potestas nisi à Deo ; quæ autem sunt, à
Deo ordinatæ sunt. Itaque qui resistit potestati, Dei
ordinationi resistit... (Princeps) Dei enim est minister
tibi in bonum. Si autem malum feceris, time : non
enim sine causâ gladium portat. Dei enim minister est:
vindex in iram ei qui malum agit* [1].*

« Que toute personne soit soumise aux puissances
supérieures ; car il n'y a point de puissance qui ne
vienne de Dieu, et c'est lui qui a ordonné celles qui
sont. Celui donc qui résiste à la puissance, résiste à
l'ordre établi par Dieu... Car le prince est le ministre
de Dieu pour vous dans la vue du bien. Mais si vous
faites le mal, craignez, parce qu'il ne porte point
en vain le glaive. Car il est le ministre de Dieu pour
exécuter sa vengeance en punissant celui qui fait le
mal. »

D'abord nous demandons, et nous ne croyons pas
être trop exigeant, qu'on veuille bien faire à saint
Paul l'honneur de ne pas le croire déraisonnable et
absurde. Il y a dans ses épîtres assez de sagesse et de
science pour qu'on puisse nous faire préalablement
cette légère concession. Or, n'y aurait-il point dérai-

---

[1] Ep. aux Rom., chap. XIII.

son, absurdité à enseigner qu'il faut se soumettre sans résistance à toute violence qui s'impose, à toute injustice qui a l'avantage de la force, à toute oppression qui triomphe. Cela serait intolérable dans les relations privées ou entre individus ; ce serait renier le droit, détruire la justice, dont l'Évangile prescrit si positivement l'accomplissement. Or, si cette énormité ne peut se concevoir entre particuliers, comment voulez-vous qu'elle soit enseignée, autorisée par la parole de l'Église pour l'état social et dans les rapports politiques. A ce compte, on ne devrait pas même résister à l'ennemi du dehors, dès qu'il serait définitivement vainqueur, et la première victoire qui le rendrait maître du siége du gouvernement déciderait du sort d'un peuple. Une nation aurait le droit d'opprimer celle qu'elle aurait vaincue, de la gouverner à son gré ; et le vaincu, tant qu'il serait le plus faible, n'aurait point le droit de se relever et de résister au pouvoir oppresseur, sans résister à Dieu même. Ces conséquences, évidemment absurdes, montrent que tel n'est pas le sens de la parole sacrée.

Pour saisir ce sens, examinons d'abord soigneusement la valeur du mot *potestas,* sur lequel porte toute l'interprétation, et nous rapprocherons ensuite de ce terme mieux compris d'autres paroles des versets suivants, qui concourent à en déterminer la signification et l'application dans le cas présent.

Potestas signifie littéralement une puissance, un pouvoir; et l'apôtre, en employant ce mot au pluriel, veut certainement désigner les *puissances* constituées, qui gouvernent les nations, à peu près comme nous disons en français les *puissances étrangères* pour indiquer les gouvernements étrangers. Il ne s'agit donc pas ici de toute force individuelle ou collective qui voudrait s'imposer par la violence ou par la conquête. Il s'agit d'un gouvernement qui, s'étant une fois établi, sans que l'apôtre nous dise comment, est constitué convenablement et fonctionne avec régularité pour maintenir l'ordre, conformément à la fin de toute société. C'est ce qu'on appelle aujourd'hui un gouvernement *de fait*, qu'on tolère ou admet sans discuter son origine ou son droit d'exister, pourvu qu'il fournisse des garanties d'ordre et satisfasse aux conditions générales de la justice.

On est quelquefois trop heureux d'obtenir un gouvernement de ce genre après les horreurs de la guerre civile et les déchirements de l'anarchie ; et par cela seul qu'il apaise la tempête des révolutions et rétablit l'ordre dans le chaos social, il devient le représentant de Dieu dans le monde et l'instrument efficace de son action providentielle pour la restauration de la paix. Donc, quelle que soit l'origine ou le droit d'un gouvernement, dans quelque circonstance qu'il soit placé, s'il agit conformément à la justice, la respecte et la fait respecter, protégeant et récompensant ceux qui font le bien, poursuivant et punissant ceux qui font le mal, il doit être regardé comme *ordonné* par Dieu, *potestas à Deo ordinata*, parce qu'il fait dans l'état politique ce que Dieu fait dans l'univers. Il coordonne les éléments, met et maintient chaque chose à sa place, les faisant toutes conspirer à un but commun. C'est pourquoi l'apôtre ajoute, que toute puissance,

ainsi constituée, agissant de cette manière, vient de
Dieu : *Non est enim omnis potestas nisi à Deo*. Ce qui
ne veut pas dire que toute force, puissance ou faculté
vient de Dieu, comme toute chose ; cela est trop évident, et cette vérité, par sa généralité même, n'aurait
pas de valeur ici. Mais il faut entendre qu'un homme
ou plusieurs, voulant constituer un gouvernement, ne
peuvent effectivement l'établir et le maintenir qu'en
accomplissant les conditions essentielles de l'état
social ; et que si réellement ils accomplissent ces conditions, et font régner le bon ordre et la justice, ne
pouvant y parvenir qu'avec le secours de Dieu, par
ses inspirations, par sa grâce et en son nom, leur
œuvre, conforme à la volonté de Dieu et à ses commandements, peut être regardée comme l'œuvre de
Dieu même. Voilà pourquoi l'apôtre ajoute : *Quæ au-*
tem sunt, à Deo ordinatæ sunt ; car les puissances ainsi
établies sont mises en ordre, constituées pour le bon
ordre ou ordonnées par Dieu, et ainsi celui qui
leur résiste, résiste à l'*ordination* même de Dieu :
Itaque qui resistit potestati, Dei ordinationi re-
sistit.

Si maintenant nous rapprochons du mot *potestas*,
ainsi entendu, plusieurs expressions du verset suivant,
notre explication paraîtra encore plus claire. Il est dit
au verset 4 que le pouvoir constitué, *potestas à Deo*
ordinata, est ministre de Dieu à l'égard du peuple et
pour faire le bien : *Dei enim minister tibi in bonum*.
Donc, il n'y a de vraie puissance, ou qui doit être
reconnue comme telle, que celle-là seulement qui se
montre le ministre ou l'instrument de Dieu pour faire

le bien du peuple ; c'est-à-dire qu'elle ne devient un gouvernement régulier, reconnu et reconnaissable, que si elle met en avant et comme fin dernière de ses actes l'intérêt général de la nation et le bien privé de tous les citoyens. C'est pour cela que Dieu l'établit ou lui permet de s'établir ; elle n'a de droit, d'autorité qu'à cette condition, qu'elle sera le ministre de Dieu, *Dei minister,* et qu'elle fera servir au bien, *in bonum,* la force publique dont elle dispose. Même quand un gouvernement dévie de cette ligne et, se laissant entraîner par la passion, tourne au despotisme, à la tyrannie, il affecte encore de ne chercher que le bien public ; il fait toujours profession d'être le ministre de la justice, le conservateur du droit. Et, en effet, tant qu'il maintient l'ordre, même avec de grandes fautes et au milieu de graves inconvénients, il a encore droit à l'obéissance du peuple ; il est encore ministre de Dieu pour le bien, quoique ministre infidèle, et il est souvent plus utile à la société de le respecter que de le renverser ; car une révolution peut amener de plus grands maux que ceux auxquels elle devrait remédier. Pour qu'une révolution soit utile, il faut que la mesure d'un gouvernement soit comblée, c'est-à-dire que la somme du mal qu'il opère dépasse le bien qu'il peut effectuer, ou, autrement, que le peuple ait plus d'avantages à le détruire qu'à le conserver. Mais qui pourra, qui osera faire ce calcul et en proclamer le résultat ? Dieu seul est juge dans ces moments terribles. Il pèse les dynasties et les gouvernements dans la balance de sa justice, et quand ils sont trouvés trop légers, son jugement se déclare au milieu du tonnerre et des éclairs ; et sa volonté, qui renouvelle la face de la terre et remue les trônes et les empires comme les cèdres du Liban, s'accomplit presque toujours de la manière la plus soudaine et contre toutes les prévisions de la raison de l'homme, afin qu'on y reconnaisse le doigt divin, et qu'en le voyant marqué dans ces catastrophes qui bouleversent la politique du monde, les peuples prennent confiance en ce qui s'opère si merveilleusement, et se rattachent plus volontiers à l'ordre nouveau qui surgit.

L'apôtre complète l'explication de la pensée divine par ces mots du verset suivant : *Si autem malum feceris, time : non enim sine causâ gladium portat.* Le glaive représente ici la puissance matérielle, la force physique qui frappe. Or, si le pouvoir constitué, *potestas ordinata*, ne porte pas le glaive sans raison, et si cette raison est justement l'établissement de l'ordre et le maintien de la justice, et à cette fin la protection et la récompense pour les bons, et la menace et le châtiment pour les méchants, cela ne montre-t-il pas jusqu'à l'évidence que le mot *potestas* ne désigne pas la puissance, qui est exprimée par *gladium ;* mais que, par cela même que le prince ne porte point le glaive sans cause, et que cette cause, la fin pour laquelle le glaive lui est remis, est de récompenser le bien et de punir le mal, le caractère, la sanction de l'autorité du prince et de tout pouvoir constitué est justement dans cette mission d'être le ministre du bien et contre le mal ; et qu'ainsi la puissance établie, quelle qu'elle soit, a droit au respect et à l'obéissance uniquement à ce titre, *minister Dei tibi in bonum.*

C'est ce qui est encore exprimé d'une manière frappante dans un passage de la première épître de saint Pierre[1]. *Subjecti propter Deum sive regi, sive ducibus, tanquam à Deo missis ad vindictam malefactorum, laudem vero bonorum.* « Soyez soumis à cause de Dieu soit au roi, soit à vos chefs, comme étant envoyés par Dieu pour punir les malfaiteurs et récompenser les bons. » Ici même il y a une idée de plus, *propter Deum subjecti,* soyez soumis à cause de Dieu, pour Dieu, en son nom ; soyez-leur soumis comme à Dieu même, parce qu'ils le représentent parmi vous, et alors ce n'est pas aux hommes que vous obéirez, mais à Dieu seul dont ils sont les envoyés. Ainsi c'est vraiment Dieu qui est votre roi, votre chef, et votre obéissance, comprise de cette manière et accordée dans cet esprit, est digne et raisonnable : digne de la créature libre, faite à l'image de Dieu, et qui à ce titre ne relève et ne dépend que de Lui ; raisonnable, parce qu'elle est motivée, *propter Deum.* Vous n'obéissez à l'homme qu'autant qu'il est le ministre, l'envoyé de Dieu, *minister tibi in bonum... à Deo missis ad vindictam malefactorum, laudem vero bonorum.*

Ces paroles du prince des apôtres sont encore plus explicites que celles de saint Paul. Les rois et les chefs des nations sont *envoyés* par Dieu pour punir les méchants et récompenser les bons. Donc le caractère de

[1] Chap. II, v. 13.

leur légitimité devant Dieu est facile à reconnaître. Le but de leur mission est de faire observer la justice, d'appliquer la loi du bien et du mal, d'établir et de maintenir l'ordre dans la société. Donc, s'ils ne le font pas, ils manquent, ils sont infidèles à leur vocation ; car la puissance ne leur a été donnée par Dieu qu'à cette fin, et tous les moyens qu'ils ont à la main comme princes ou gouverneurs des peuples doivent y être employés. S'ils les tournent à leur intérêt propre, au détriment de la chose publique, ils deviennent des ministres prévaricateurs, et ainsi agissant contre leur mission, ils perdent avec l'assistance et la grâce de celui qui les a envoyés, leur véritable force, la sanction de leur autorité, de leur légitimité. Alors, comme l'histoire le montre, Dieu brise ses instruments et s'en choisit d'autres, toujours pour la même fin, et après les trônes renversés, les dynasties chassées ou massacrées, et tous les désordres, toutes les calamités que les révolutions traînent avec elles, l'ordre se rétablit sous l'autorité de ces puissances nouvelles, appelées à leur tour à devenir les ministres de Dieu pour le bien et devant s'affermir et se légitimer par leur fidélité dans ce sublime ministère, dans l'accomplissement de cette haute fonction, qui les fait les représentants de Dieu sur la terre, et les dominateurs de leurs semblables au nom de Dieu et pour Dieu : *propter Deum.*

Tel est, il nous semble, le vrai sens des paroles apostoliques en ce qui concerne l'obéissance aux puissances. Ces textes sont la base de la doctrine de l'Église en cette matière, et la conduite de l'Église dans les temps de révolution, et au milieu des bouleversements qu'elles amènent, a toujours été conforme à cette doctrine, laquelle peut se formuler en ces termes : on doit l'obéissance à la puissance constituée, au gouvernement établi, et l'on reconnaît qu'une puissance est constituée et un gouvernement établi, quand ils maintiennent l'ordre dans la société et y font régner la justice. L'Église déclare un pareil gouvernement respectable et ayant droit à l'obéissance, *propter Deum*, c'est-à-dire à cause du bon ordre qu'il fonde et de la justice de Dieu qu'il réalise. Donc ceux qui lui résistent, en tant qu'il est ministre de Dieu pour le bien, résistent à la volonté même de Dieu. Ce qui ne veut pas dire qu'on ne puisse faire des représentations et même des oppositions à certains actes du pouvoir, quand il se trompe ou dévie; cela est toujours permis, mais à la condition que la fin de l'opposition ou de la résistance soit de l'éclairer, de le redresser, et non de le renverser.

L'Église veut donc qu'on obéisse à un tel gouvernement, d'abord, parce qu'il agit conformément au droit naturel, ou en harmonie avec son institution et sa fin; tout gouvernement étant institué pour le plus grand bien de ceux qu'il régit, et la fin de la société, qui est l'intérêt commun de tous ses membres, ne pouvant être accomplie que par le maintien de l'ordre et le respect de la justice. Puis l'Église a encore un autre motif pour recommander l'obéissance à la puissance établie, ministre de Dieu pour le bien; c'est que, comme Église catholique ou universelle, instituée par Jésus-Christ, pour ramener les âmes aux

voies de Dieu et les introduire dans le royaume éternel, elle ne peut faire son œuvre d'une manière générale parmi les hommes, c'est-à-dire les préparer et
les initier aux grâces de la vie surnaturelle dont elle
est la dispensatrice, que si les conditions morales
de la vie naturelle sont remplies. Elle ne peut les élever au règne de la grâce, que si la loi naturelle est
accomplie ; car, à l'exemple de son divin fondateur,
elle n'est pas venue pour détruire la loi, mais pour
l'observer, la développer et la perfectionner. Elle est
donc satisfaite, quand les gouvernements lui préparent le terrain par le maintien de l'ordre et de la
justice au milieu des peuples ; car ils sont institués
à cette fin, et alors ils remplissent leur mission. A ce
titre l'Église les reconnaît, veut qu'on les respecte, et
traite avec eux comme ayant la légitimité du fait,
sans s'ingérer dans la discussion de la légitimité du
droit, pour laquelle elle se déclare incompétente.

Ce premier point nous semble donc mis hors de
doute, savoir : que l'Église en nous prescrivant d'o-
béir aux puissances, entend les puissances constituées, les gouvernements établis qui maintiennent
l'ordre, font observer la justice, et, à ce titre, sont
ordonnés par Dieu même dont ils sont les ministres,
pour faire le bien.

Une seconde question se présente: Si la puissance
constituée devient oppressive, tyrannique ; si, abu-
sant de son autorité dans un intérêt privé et au détriment de la chose publique, soit dans sa direction
générale, soit par des actes particuliers, elle marche
contre sa fin, qui est le bien de tous, que devra faire

le chrétien, le catholique? Pourra-t-il résister en conscience, au moins dans certains cas, ou bien l'obéissance que l'Église lui impose à l'égard de la puissance est-elle passive et absolue? Doit-il se soumettre même devant l'évidence de l'injustice, devant l'iniquité flagrante?

Nous ferons d'abord remarquer que l'obéissance purement passive, strictement absolue, est impossible à l'homme, à moins qu'il ne soit tout à fait dégradé et devenu semblable à l'animal muet et sans raison. L'homme est une créature intelligente et libre, et il doit rester libre et intelligent, dans quelque position qu'il se trouve, sous peine d'abjurer sa nature et les droits de l'humanité. Il faut donc que sa raison et sa liberté aient leur part dans tout ce qu'il fait, autrement son action ne serait ni humaine, ni morale; ce serait un mouvement animal ou mécanique. Donc, quelle que soit son obéissance à Dieu ou aux hommes, elle doit toujours être raisonnable, suivant les paroles de l'apôtre : *sit rationabile obsequium vestrum* [1], par conséquent réfléchie, délibérée, motivée et voulue. Un homme ne sera jamais une machine, et par quelque force qu'on le domine, quelque ascendant qu'on exerce sur lui, on devra toujours compter avec lui en quelque chose, et faire une part, si minime qu'elle soit, à sa volonté. Dieu qui a pu nous créer sans nous, dit saint Augustin, ne peut pas nous sauver sans nous. Il faut à l'action de la grâce le concours de la volonté créée. A plus forte raison

[1] Rom., XII, 1.

dans l'action de l'homme sur l'homme, il faut la coopération de l'homme, c'est-à-dire la réaction plus ou moins intelligente de celui qui obéit à celui qui commande.

Or, l'Église, dépositaire et maîtresse de la parole évangélique, sait, comme son divin fondateur, qui sera avec elle jusqu'à la fin des temps, ce qu'il y a dans l'homme. Bien loin de tendre à dégrader l'humanité, elle cherche toujours à la relever, à l'ennoblir en la délivrant de tout ce qui peut la rabaisser et l'asservir. Elle a un immense respect pour l'homme, dans tout ce qu'elle fait avec lui et pour lui, et ainsi, non-seulement elle tâche par tous les moyens de développer sa conscience, son intelligence, sa liberté, afin qu'il parvienne à la perfection de sa nature, à la plénitude de l'humanité; mais encore, comme ministre de la grâce, elle veut l'élever plus haut, l'exalter au-dessus de lui-même et en faire une nouvelle créature, participant à la vie même de Dieu. Comment donc pourrait-elle lui prescrire une obéissance aveugle, machinale, qui le ravalerait à l'état de la brute ou de la pierre? Cela est impossible.

D'ailleurs, comme nous l'avons montré en parlant de l'indépendance et de la dignité de l'âme, il y a des cas où un homme est en droit de résister à toutes les puissances de la terre, si elles lui commandent une chose contraire à sa foi, à sa conscience; et cela parce que l'homme est une âme, et que cette âme, créée immédiatement par Dieu, et ne relevant que de lui, ne doit obéir qu'à lui, et pour lui à ses ministres, à ceux qui ordonnent en son nom et conformément à sa loi. Si donc ceux-là viennent à prescrire quelque chose contre Dieu, à demander ce qui est opposé à sa parole, le sujet, l'esclave, ou qui que ce soit qui porte une âme humaine, dans les rangs les plus infimes de la société comme aux plus élevés, a le droit de dire avec les apôtres : Nous ne pouvons pas, car il faut obéir à Dieu plutôt qu'aux hommes. *Non possumus; obedire oportet Deo magis quàm hominibus* [1]. Ainsi, les premiers chrétiens, si soumis pour tout le reste aux chefs et aux lois de l'Empire, refusaient de sacrifier aux faux dieux, parce que c'eût été apostasier, et reconnaître d'autres dieux que le Dieu unique, le roi du ciel et de la terre. Ainsi la légion fulminante, marchant au combat comme un seul homme à la voix d'un général païen, modèle de l'obéissance et du courage militaire dans les camps ou sur le champ de bataille, résistait à l'ordre d'encenser les idoles, et se laissait égorger les armes à la main plutôt que d'obéir aux hommes contre Dieu. Partout et toujours les vrais chrétiens ont agi de la sorte.

Il n'est donc pas douteux que dans ces circonstances le chrétien ne puisse, ne doive résister au pouvoir. Il a le droit de refuser ce que sa conscience lui interdit. Alors il mourra plutôt que d'obéir; il sera martyr.

Il en est de même de tous les cas où la loi naturelle serait violée par le pouvoir, où il exigerait des actes contraires aux sentiments ou aux droits sacrés de la

---

[1] Act., iv, 20; v, 29

nature ; car la loi naturelle vient aussi de Dieu, et en la suivant c'est à Dieu qu'on obéit ; en la méprisant, c'est Dieu qu'on méprise. C'est pourquoi aucune autorité, aucune loi humaine ne peut prescrire contre elle. Ainsi, tout ce qui serait demandé par la puissance civile contre les dictées de la conscience morale, contre les sentiments les plus honnêtes, la pudeur, les devoirs de famille et d'humanité, peut être refusé. L'âme, dans ce cas, posée en face de Dieu et de sa loi, dans la conscience de sa nature, avec le sentiment intime et spontané du bien et du mal et le bon sens de l'équité naturelle, reprend toute son indépendance vis-à-vis des lois et des autorités humaines, auxquelles elle ne peut se soumettre à de si dures conditions et avec un si grand détriment de sa dignité. Ici, encore, elle peut dire hardiment : *non possumus.*

Mais même dans la sphère de la loi civile, le commandement ne peut jamais être absolu ni l'obéissance entièrement passive. On doit commencer par obéir à l'autorité constituée ; mais il y a toujours le droit de réclamer auprès d'une autorité supérieure, si l'agent inférieur a erré ou prévariqué. Dans toute société humaine, il doit y avoir un recours, un appel quelconque, fut-ce de Philippe à Philippe mieux informé ou à jeun. Paul, condamné par le préteur, en appelle à César, et il est conduit à Rome au tribunal de César. Emprisonné illégalement et indignement battu de verges, puis relâché par peur, il se plaint, quoique libre, d'avoir été traité injustement, et exige la réparation due au citoyen romain outragé dans sa personne. Tout chrétien peut en faire autant, suivant les circonstances.

Il est donc quelquefois permis et même prescrit de ne pas obéir à la puissance établie. Ces cas sont rares, il est vrai, exceptionnels, et il faut les discerner avec soin, les déterminer avec exactitude, afin de rester scrupuleusement dans les limites du droit, ce qui n'est pas toujours facile. Mais évidemment cela ne peut se faire que par l'exercice de la raison et de la liberté, sous l'inspiration de la conscience; et par conséquent l'obéissance aux gouvernements, que l'Église impose à ses enfants, doit toujours être raisonnable, libre, et ne peut jamais être aveugle et absolue; car c'est l'homme qui obéit, et il doit obéir en homme, humainement, avec la connaissance de ce qu'il fait, et parce qu'il le veut.

Ce second point démontré, savoir : que la résistance à l'autorité est quelquefois licite, arrive cette question : quelle espèce de résistance permet l'Église? question bien grave dans la pratique, et dont la solution intéresse vivement la conscience du chrétien.

L'Église catholique, qui a les paroles de la Vérité éternelle, ne peut ni errer ni se contredire, et tout dans sa doctrine et dans sa conduite se tient et s'enchaîne admirablement. Nous venons de voir pourquoi elle prescrit l'obéissance aux puissances établies; c'est parce qu'elles sont les ministres de Dieu pour maintenir l'ordre et la justice, sans lesquels aucune société n'est possible. Donc ce qu'elle veut avant tout, c'est l'ordre et la justice, qui sont l'expression de la volonté de Dieu dans la société, et les conditions vitales de son existence. Cependant, nous l'avons vu, il y a des circonstances où la résistance est licite, autorisée, parce qu'il vaut mieux obéir à Dieu qu'aux hommes, parce que la loi civile ne peut l'emporter sur la loi naturelle, parce que dans l'application de la loi civile il peut y avoir erreur ou abus. Eh bien ! résister dans ce cas, c'est être aussi le ministre de Dieu pour le bien, *minister Dei in bonum*. Le droit de résister dérive uniquement de cette condition, et la fin, dont cette condition est le moyen, est de garantir l'ordre et la justice dans la société. Vous ne pouvez donc user de ce droit qu'en accomplissant la condition essentielle qui la valide et la restreint tout ensemble, savoir : que vous ne troublerez pas l'ordre social, et qu'en cherchant à redresser ou réparer une injustice, vous n'en commettrez pas une plus grande, ou, autrement, que le remède, qui doit guérir ou détruire le mal, ne sera pas plus funeste que le mal lui-même.

En outre, chacun n'agit bien, légitimement, que dans l'ordre de sa position et de ses rapports. La puissance établie, ordonnée par Dieu pour gouverner la société, porte le glaive à cette fin, et doit en frapper au besoin ceux qui font le mal ; c'est son devoir, et par conséquent son droit comme puissance. Vous, comme sujet de la loi, et par conséquent de la puissance qui la représente, vous devez obéir parce qu'elle est le ministre de Dieu, et alors c'est à Dieu même que vous obéissez. Que si elle s'égare ou se pervertit, si elle abuse du glaive en frappant à tort ou à côté, vous, sujet, qui pouvez devenir à votre tour ministre de Dieu et de sa justice par la résistance légale, en tant que soumis à la puissance, vous n'avez point de glaive à lui opposer, sauf le cas extrême où l'excès de la tyrannie ramène la société et l'individu au droit et à l'indignation de la défense naturelle. Si vous tirez le glaive dans l'État sans cette nécessité, vous êtes un rebelle, un usurpateur ; vous allez contre la volonté de Dieu, si la puissance établie, que vous cherchez à renverser, suffit encore au maintien de l'ordre et de la justice en général. Vous vous faites puissance de vous-même, dans un intérêt propre, sans mission véritable ; vous substituez la violence au droit, vous prétendez repousser des injustices partielles par une plus grande iniquité ; vous bouleversez la société sous prétexte de la défendre ; vous suscitez la guerre civile, vous déchirez le sein de la patrie, vous risquez de la tuer pour la sauver. Votre acte est donc à la fois immoral et absurde : immoral, parce qu'il est contraire à l'ordre public, à l'intérêt bien entendu de l'État, qui réclame la réforme des abus et non une révolution ; absurde, parce qu'il tend à ruiner ce qu'il doit réparer.

L'Église n'autorise donc jamais la résistance armée à la puissance établie, bien qu'elle puisse parfois l'excuser. Elle ne veut pas qu'il y ait deux glaives opposés dans la même société, parce qu'elle a en horreur la guerre intestine, aussi contraire à l'intérêt de l'État qu'à la charité chrétienne, et, par conséquent, elle réprouve la révolte, la sédition, l'insurrection, et tous les désordres qui en sont la suite.

Mais, entre l'obéissance passive qu'elle ne prescrit point et la résistance violente qu'elle condamne, elle indique et conseille une voie moyenne, qui procure plus sûrement les effets heureux et légitimes de la résistance à l'injustice, sans en avoir les inconvénients. En suivant cette voie avec prudence, et il en faut beaucoup, parce qu'elle est ardue et glissante, avec patience, parce qu'elle est sinueuse et longue, le chrétien pourra défendre efficacement la liberté de son pays, sans risquer de blesser sa conscience et d'offenser Dieu.

Pour cela il a deux choses à faire en face d'un gouvernement oppresseur : il peut lui résister, mais passivement ; il doit lui obéir, mais en faisant tout ce qu'il peut faire légalement, pour affaiblir ou entraver l'influence funeste du despotisme.

Résister passivement, c'est-à-dire endurer longtemps avec la patience et la résignation que la foi chrétienne peut seule inspirer, tout ce qui peut se supporter, et cela pour plusieurs raisons.

1° Parce qu'un gouvernement ne se juge point par quelques actes. Il peut commettre des erreurs ou des fautes, sans être vraiment tyrannique ou oppresseur. Il faut donc beaucoup de temps, pour qu'il se juge lui-même par sa conduite de tous les jours, par le système persévérant de sa politique ; et comme, en tant que gouvernement établi, il a été ordonné par Dieu pour maintenir l'ordre, on ne doit point lui faire opposition, ni même l'inquiéter gravement, tant que l'ordre n'est pas sérieusement compromis, tant que, par son administration générale, il peut encore paraître aux yeux des peuples ministre de Dieu pour le bien.

2° Entre deux inconvénients, la raison veut qu'on choisisse le moindre. Or il peut arriver que le remède soit pire que le mal, et en fait de révolution c'est le cas le plus ordinaire. On tombe de mal en pis; et quand on a renversé ce qui existait, on se prend le plus souvent à regretter ce qu'on a détruit ou perdu. Or personne ne peut prévoir ni mesurer d'avance ce qui sortira d'un bouleversement social, et, par conséquent, tant que le mal d'un gouvernement est supportable, il est sage de le tolérer, par la crainte d'un plus grand mal.

3° A ces deux motifs de prudence humaine, la religion en ajoute un troisième d'un autre ordre, qui exprime un conseil et non un précepte, c'est qu'en général la souffrance en ce monde est utile au chrétien, surtout quand elle est acceptée et supportée pour la cause de la justice : *Beati qui persecutionem patiuntur propter justitiam* [1]. Rien ne nous détache plus du monde, de sa joie, de ses illusions que les mécomptes, les contrariétés et les tribulations qui nous y affligent ; et, au contraire, ce qui nous éloigne le plus du ciel et des choses éternelles, c'est la jouissance des biens de la terre, les plaisirs des sens, la satisfaction des passions et tout ce qui exalte notre nature inférieure. Dans ce point de vue surnaturel, il y a plus de profit à souffrir qu'à jouir ici-bas; et ainsi le chrétien fidèle trouve dans ses peines, s'il les accepte avec résigna-

---

[1] Matth., v, 10.

tion, s'il les subit avec patience, le motif de son espérance et le gage de son bonheur futur. L'Église, en nous présentant cette raison de souffrir, cet encouragement à la patience, n'entend point excuser ni justifier l'injustice dont nous pouvons être la victime; elle nous enseigne seulement à trouver le bien dans le mal, à l'en faire sortir à l'exemple de Dieu, et, quoi qu'il arrive, elle nous ouvre une source intarissable de consolations et d'espoir au milieu des infortunes de cette vie. Certes, l'une des plus grandes, des plus terribles, est l'indignité de l'oppression, la misère de la servitude.

Mais tout en acceptant pour un temps ce que nous ne pouvons empêcher, tout en nous résignant à l'injustice, qui devient pour nous une cause de vertu par la patience, la doctrine chrétienne ne veut pas que nous ayons l'air de l'approuver en aucune manière. Il nous est permis de protester contre l'iniquité tout en la subissant, et si même, conformément à notre divin modèle, il nous est donné de prier pour nos bourreaux quand ils nous torturent, cela ne nous empêche pas de détester le crime et de dénoncer avec force tout ce qui viole les lois divines et humaines. Le chrétien commencera donc par obéir à des ordres injustes, à des prescriptions tyranniques dans tous les cas où sa foi et sa conscience ne seront point lésées, parce que le pouvoir légalement constitué, et agissant avec les formes légales, a droit à l'obéissance. Mais ce devoir accompli, il ne lui est pas défendu de chercher à se soustraire aux suites de cette obéissance par tous les moyens que la légalité peut lui fournir, ni même de la diminuer le plus qu'il lui sera possible, sans violer les formes de la loi. Donc, quand les actes de l'autorité lui paraîtront mauvais, illégaux, contraires aux libertés publiques, il obéira, parce qu'il ne peut faire autrement, mais le moins qu'il pourra et avec toutes sortes de réserve, de précautions et de protestations. Il ôtera à un pouvoir inique tout ce qu'il pourra lui enlever ; il éludera tout ce qu'il pourra éluder ; il l'entravera, le gênera, le combattra dans sa tendance despotique, par tous les moyens pacifiques que la législation lui offre. En contradiction ouverte avec l'autorité, qui abuse de sa puissance et entreprend sur les droits des citoyens, il tâchera de n'être jamais en opposition avec les lois établies, et de cette façon il pourra faire à un mauvais gouvernement une guerre légitime, défendant par la légalité la liberté attaquée sourdement par les voies légales ; enfin, il fera, sous une forme ou sous une autre, et selon les circonstances, ce qu'a fait O'Connell pendant quarante ans dans la malheureuse Irlande, opprimée par l'Angleterre, et se débattant vainement jusque-là sous son joug. O'Connell a donné au monde un bel exemple et un grand enseignement. Il a appris aux peuples et aux rois comment la liberté peut être réclamée et défendue chrétiennement. Il a mis en œuvre, pendant toute sa vie politique et au milieu des conjonctures les plus graves, la doctrine de la résistance catholique à la puissance établie, selon l'Évangile et selon l'Église. Il a employé successivement, avec une intelligence prodigieuse, avec une persévérance plus admirable encore, toutes les armes,

toutes les ressources que lui donnait ou lui laissait la
législation du pays, pour résister à la tyrannie et la
combattre, sans jamais se révolter contre elle. A l'insurrection armée, qui n'avait jamais réussi, il a substitué ce qu'on a appelé l'agitation pacifique : espèce
d'insurrection légale, qui, n'employant que des
moyens moraux, propres à agir sur les esprits et sur
les cœurs, a plus de force que toutes les violences,
mine et détruit le despotisme en le sapant dans sa
base, et en retournant contre lui ses propres armes.

Cependant, il faut l'avouer, cette espèce de résistance n'est possible que sous un régime constitutionnel, qui met des bornes à l'autorité et fournit toujours quelques ressources à la liberté, au milieu de
l'asservissement du pays. Ainsi le droit de pétition
collective, le droit de s'associer, de s'assembler et de
discuter publiquement, la liberté de la presse, la faculté de ne pas être arrêté sans mandat, de ne pas
être condamné sans jugement, de n'être jugé que par
ses pairs, par le jury, etc., etc., toutes ces libertés dont
jouit l'Angleterre, et qu'elle ne pouvait pas refuser
entièrement à l'Irlande, ont offert au grand agitateur,
qui a su les exploiter si habilement, si courageusement, d'immenses ressources. Mais ôtez tout cela,
supposez un despotisme complet, sans aucun moyen
légal de réclamer ni de se défendre, comme sous le
régime de la terreur ou de l'Empire ; au moindre
signe, ou même au moindre soupçon d'opposition,
l'emprisonnement, la confiscation, le bannissement,
la déportation, la mort, et pas un moyen d'échapper à la toute-puissance ni à la police de la tyrannie !

Que faire dans une telle position, sinon supporter en silence jusqu'à des moments plus heureux; en appeler à Dieu dans le secret de la prière de l'injustice des hommes, et lui demander qu'il brise le sceptre de fer de l'iniquité, le glaive prévaricateur de l'impiété, qui frappe les bons et protège les méchants. Cependant, même en de si dures conjonctures, l'Évangile n'autorise point la révolte ouverte, l'insurrection armée, ni les conspirations qui les préparent. L'Église n'excitera jamais les chrétiens à s'insurger violemment contre une puissance établie, qui maintient l'ordre public et conserve les apparences et les formes de la justice. Elle nous donne en exemple les premiers chrétiens, qui ne se révoltèrent jamais contre les empereurs, même quand ils les persécutaient; et cependant, y eut-il jamais un gouvernement plus tyrannique et plus détestable? Ils priaient pour ceux qui les envoyaient au supplice, comme Jésus-Christ a prié pour ses bourreaux. Ils ne résistaient qu'en face des idoles. Mais pour tout le reste, leur foi sauve et leur devoir envers Dieu accompli, ils obéissaient à la puissance du siècle, ne croyant pas, en raison de leur foi et dans l'exaltation de leur espérance chrétienne, que le monde, avec tout ce qu'il contient, valût la peine de se disputer, et suivant simplement ce commandement de leur divin maître : Rendez à César ce qui est à César, et à Dieu ce qui est à Dieu.

Nous n'irons cependant pas jusqu'à dire qu'en tout temps le chrétien soit tenu d'agir de la sorte. Il faut faire en ces choses une large part aux circonstances.

Les usages, les coutumes et les croyances politiques varient singulièrement avec les siècles et les
peuples. Sous les empereurs on était habitué au pouvoir absolu, et il n'y avait aucun moyen de résister
légalement. Il fallait se soumettre complétement, ou
se mettre en révolte pour détrôner l'empereur et l'é-
gorger. On comprend que dans cette alternative le
chrétien n'ait pas à délibérer. Il aimera mieux être
opprimé qu'oppresseur; il préférera toujours la souffrance au crime. Mais il y a des situations où l'on
peut résister, sans aller à cette extrémité; où la loi
même du pays, sa constitution, ses traditions et ses
coutumes fournissent des garanties et des armes. Il
est donc permis d'en user, et c'est le vrai moyen de
combattre efficacement les mauvaises tendances du
pouvoir, de le ramener aux voies légales, et d'empêcher l'accumulation de ses torts et de ses injustices,
qui finiraient par le perdre avec le peuple qu'il régit.
L'Irlande a expérimenté l'excellence de cette voie
toute chrétienne, comparée au procédé violent de
l'insurrection armée. La violence appelle la violence,
et alors c'est le plus fort qui l'emporte; ce qui ne
prouve rien ni pour ni contre le droit. La question
reste donc entière pour une nouvelle lutte, et ainsi
sans fin, de réaction en réaction : ce qui ruine un
pays et le met en dissolution.

La jeune Irlande, impatiente comme tout ce qui
est jeune, a voulu de nouveau essayer de la force
contre l'oppression anglaise, et elle n'a réussi jusqu'à
présent qu'à bouleverser le pays et à le diviser;
elle n'a réussi qu'à exciter tous les crimes contre les

personnes et les propriétés, et ainsi à autoriser dans la main des oppresseurs des lois plus sévères et un redoublement de rigueur, sous le prétexte raisonnable de maintenir l'ordre et d'empêcher des abominations. Elle contribue donc à appesantir le joug qu'elle prétend secouer. C'est une preuve ajoutée à mille autres, que la passion violente, qui veut tout faire d'un coup, ne fait rien effectivement qu'augmenter le mal qui la gêne. Honneur à O'Connell, le vrai chrétien, le grand citoyen, le véritable libérateur de sa patrie, qui a obtenu avec sa patience infatigable, animée par sa foi catholique, soutenue de sa haute raison, et sans verser une goutte de sang, plus que toutes les conspirations et les guerres civiles! Si jamais l'Irlande est affranchie, si elle obtient ce qu'elle demande avec tant d'instance et de justice, la révocation de l'acte d'union et son gouvernement par elle-même, son parlement, tout en restant partie intégrante de l'empire britannique, elle le devra à la pensée, à la parole, à l'énergie persévérante de son héros chrétien; et ce bien immense qu'elle aura reconquis, la liberté, lui sera assurée pour toujours, parce que la conquête aura été pacifique, sans violence, sans effusion de sang, par des armes toutes spirituelles, c'est-à-dire avec l'intelligence et la force morale du droit et les seuls moyens qui lui conviennent.

Ainsi, en résumé, l'obéissance aux puissances ne pouvant jamais être absolue ni aveugle, il y a toujours lieu à discernement, quelquefois à opposition, et la résistance en certains cas est non-seulement permise, mais prescrite. Mais cette résistance, pour être chrétienne, doit être passive, aussi longtemps qu'il se pourra, ce qui n'exclut pas l'emploi actif de tous les moyens légaux et moraux pour prévenir ou empêcher les abus de l'autorité. Reste un dernier cas, le plus difficile, le plus périlleux de tous, et sur lequel nous devons donner quelques éclaircissements.

Supposez que l'agitation pacifique ne mène à rien, que l'usage des voies légales soit devenu impossible ou impuissant, que, les abus du gouvernement s'augmentant tous les jours, le joug s'appesantisse incessamment, et que l'oppression devienne intolérable. Alors le peuple comprimé, foulé, poussé au désespoir, réagit violemment, secoue la force qui l'accable, brise ses liens et renverse par l'insurrection la puissance qui le dominait. Voilà un gouvernement détruit par la révolte, une dynastie chassée, des droits héréditaires méconnus, et toute l'autorité renouvelée et changée. Comment doit-on juger ce fait au point de vue catholique? que dira l'Église au peuple et aux individus qui ont amené, effectué cet événement, ou qui y ont pris part volontairement? L'Église condamne-t-elle dans tous les cas l'insurrection armée?

Cette question, qui paraît embarrassante au premier abord, est cependant facile à résoudre, si on se rappelle ce qu'est l'Église de Jésus-Christ sur la terre et quelle est sa mission.

L'Église fondée par Jésus-Christ et animée de son esprit doit faire sur la terre tout ce qu'a fait son divin Maître. Elle doit enseigner tout ce qu'il lui a enseigné, *docentes eos servare omnia quæcumque man-*

davi vobis [1]. Elle doit continuer son œuvre jusqu'à la consommation des siècles. Or Jésus a dit : Mon royaume n'est pas de ce monde, c'est-à-dire je ne suis pas venu pour fonder un royaume sur la terre, mais pour y annoncer le royaume de Dieu. C'est pourquoi il prêche aux hommes le détachement des choses terrestres pour élever leur cœur vers le ciel et y fixer tous leurs désirs. C'est là qu'un royaume magnifique leur est préparé. Venez, vous qui avez été bénis par mon Père, possédez le royaume qui vous a été préparé dès le commencement du monde [2]. Voilà pourquoi il répond à cet homme qui lui demandait de dire à son frère qu'il partageât avec lui une succession : O homme, qui m'a établi pour vous juger ou pour faire vos partages? *Homo, quis me constituit judicem aut divisorem super vos* [3]? Or, ce que le Seigneur n'a pas voulu faire, l'Église ne le fera pas non plus. Il a refusé d'être juge des intérêts terrestres et de s'occuper des avantages temporels. Il ne s'est point mêlé des gouvernements de la terre, pour les instituer ni pour les détruire. Il les a acceptés et respectés, tels qu'ils existaient de son temps, et comme établis par Dieu même; ce qui ressort de sa réponse à Pilate le menaçant de son autorité : Vous n'auriez aucun pouvoir sur moi, s'il ne vous avait été donné d'en haut [4]. Ainsi l'Église, à l'exemple de son Maître, ne s'érige point en juge des principautés et des gouver-

[1] Matth., ch. XXIII, 20.
[2] Matth., ch. XXV, 34.
[3] Luc, XII, 14.
[4] Jean, XIX, 11.

nements du monde. Elle ne se mêle point de faire leurs partages; elle ne se charge ni de contester ni de défendre leurs droits respectifs et leur légitimité. Sa mission est d'annoncer le règne de Dieu, de travailler à ce qu'il arrive sur la terre, et cela, elle peut le faire sous tous les gouvernements possibles, même les plus tyranniques, mais au prix de son sang et par le martyre. Le supplice de ses apôtres est la continuation sanglante du sacrifice du Calvaire, et si la rédemption du genre humain a été effectuée par le sang divin de la Croix, elle est continuée par celui des martyrs, qui, comme dit saint Paul [1], accomplissent dans leur chair ce qui reste à souffrir à Jésus-Christ pour son corps, qui est l'Église. Telle est la vocation divine de l'Église, et elle l'accomplira avec ou sans les puissances du siècle, bien que, dans l'intérêt même de ceux qui gouvernent et des gouvernés, elle fasse tout ce qu'elle peut pour s'entendre avec eux, afin de les éclairer, de les assister, de les ramener aux voies de Dieu ou de les y maintenir. L'Église n'a donc pas à s'occuper des affaires temporelles des peuples; elle n'a pas mission pour cet objet, et ainsi elle n'est pas compétente. Ce qui ne veut pas dire, au reste, que des hommes de l'Église ne puissent y prendre part, en tant que citoyens et comme particuliers; mais ce sera toujours d'une manière exceptionnelle, puisqu'en définitive ils ne sont pas ecclésiastiques pour cela.

Donc, dans le cas dont il s'agit, l'Église n'a point de jugement à émettre, et personne n'a le droit de lui en

[1] Coloss., 1, 24.

demander. Elle fera certainement tout ce qu'elle
pourra pour empêcher les révolutions et maintenir
l'ordre établi, parce que c'est l'ordre. Elle ne se
mêlera point au combat, elle ne conspirera point,
elle ne travaillera point au renversement de ce qui
existe, parce qu'elle est chargée d'un ministère de
paix, et que, puissance spirituelle, elle a horreur de
la violence et du sang. Après coup, si la révolution
s'accomplit, elle réclamera des vainqueurs toutes les
conditions d'ordre et d'équité, et sans juger ce qui
s'établira sous le rapport du droit, elle acceptera le
gouvernement de fait qui restaurera la société, l'or-
donnera, la pacifiera et fera respecter la justice.
L'Église ne prendra donc parti pour personne, tout
en laissant subsister pour ce qu'ils sont les droits de
chacun, même les plus opposés, et sans approuver ni
condamner qui que ce soit. Quant au fond, elle sera
toujours prête à aider de son influence, non pas les
vainqueurs, non pas les vaincus, non tel ou tel parti,
mais la cause de l'ordre et de la justice, la cause conservatrice de la société et de la chose publique, afin
que la lutte cesse entre les enfants de la même patrie,
que la paix et la charité se rétablissent, que les lois
et la morale reprennent leur empire, et que la religion de Jésus-Christ puisse exercer au profit des âmes
et pour leur salut son divin ministère.

Ainsi, que cela soit bien entendu, l'Église ne se
fait pas juge dans les choses temporelles, ni publiques
ni privées. Elle n'a point à décider entre les puissances de la terre, entre les princes et les peuples,
entre les nations. Elle n'a point reçu la mission de

juger leurs différends ni de décider de leurs droits. Si elle s'en est mêlée quelquefois, comme au moyen âge, c'est parce qu'on l'a prise pour arbitre, à cause de sa science, de sa sagesse et de son influence morale. Il a bien fallu qu'elle instruisît et dirigeât les rois et les peuples, ignorants, encore enfants, et qui n'étaient point capables de faire eux-mêmes leurs affaires. Elle n'y a pris part que pour répondre à leur appel, à leur confiance, pour leur apprendre ce qu'ils avaient à faire; et quoique son intervention ait souvent opéré beaucoup de bien et surtout empêché beaucoup de mal, on peut dire néanmoins que ce fut presque toujours à son détriment, et qu'elle a largement payé par des embarras spirituels, par des difficultés plus grandes dans ses fonctions sacrées, tout ce qu'elle a gagné d'influence temporelle et de pouvoir terrestre. Aujourd'hui que les peuples sont devenus majeurs, capables de se gouverner eux-mêmes, cette intervention n'existe plus parce qu'elle n'est plus nécessaire; et l'Église, au milieu des révolutions comme dans les temps ordinaires, se consacre et se dévoue tout entière à l'instruction, à la guérison et au salut des âmes.

Quant aux individus qui ont pris part aux révolutions, et qui ont pu y commettre des crimes ou des fautes, en violant les lois divines et humaines, ceux-là peuvent très-bien s'adresser à l'Église et à ses ministres pour savoir s'ils ont bien ou mal agi, et jusqu'à quel point ils sont coupables. Elle les reçoit avec charité au tribunal de la pénitence; elle les écoute avec impartialité; elle juge leurs actes au poids du sanctuaire; elle les blâme ou les excuse en raison de l'état de leur conscience et de toutes les circonstances du dedans et du dehors qui ont influencé leur conduite. S'ils s'accusent et se repentent sincèrement, elle les absout en leur imposant la pénitence sacramentelle, et les réconcilie avec Dieu. Ici l'Église est sur son terrain; car elle est juge de la qualité des actes moraux, dans leurs rapports avec la loi de Dieu, positive et naturelle, et elle a reçu de Dieu même le pouvoir de lier et de délier dans les choses de la conscience. Elle juge sans appel dans le secret du tribunal sacré, au nom de Jésus-Christ, en présence de Dieu et de ses anges. Dieu seul, au grand jour de la manifestation, de la réparation universelle, demandera compte au confesseur de sa sentence. Mais l'Église, dans l'exercice de cette sublime fonction, n'a affaire qu'aux individus; elle ne confesse point les peuples, et par conséquent elle n'a point à les approuver ni à les condamner pour les faits de leur vie publique et nationale. Après cela, tout en déclinant pour l'Église l'obligation de se prononcer en de telles questions qui ne sont point de sa compétence, cette réserve faite, nous ne refusons pas de discuter le cas, non plus en théologien, mais en philosophe chrétien, qui peut émettre une opinion.

La question est celle-ci : L'insurrection armée n'est-elle jamais permise ou excusable? un chrétien peut-il en conscience y prendre part ou l'approuver dans certains cas ?

C'est un principe incontestable, et les théologiens les plus célèbres l'admettent, entre autres saint Thomas, que la fin d'une société quelconque est le bien de ceux qui la composent; qu'ainsi dans la société tout doit tendre à cette fin comme moyen, et que rien n'est bon et convenable que ce qui s'y rapporte. Le pouvoir lui-même, le gouvernement n'est institué que pour ce but, *minister Dei in bonum*, et par conséquent, outre sa légitimité d'origine qui peut s'expliquer de diverses manières, il y a encore pour lui une autre espèce de légitimité, à savoir : la conformité de son existence, de son action avec son but. Or, dès que la puissance devient despotique, elle perd cette légitimité; car le despotisme consiste à substituer une fin particulière à la fin de la société, la chose privée à la chose publique. Le despotisme confisque ou exploite la société à son profit; il tourne le moyen contre la fin; il met l'intérêt d'un homme ou d'une famille à la place de l'intérêt de tous, et ainsi renverse, autant qu'il est en lui, l'ordre naturel de l'état social, établi par Dieu même.

Sans doute, dans le fait, il est toujours délicat, difficile de discerner, de déterminer le moment précis où la puissance constituée se met ainsi elle-même en insurrection contre la chose publique et va directement contre la fin de sa mission. Sans doute, c'est une chose très-grave que de proclamer à la face d'un peuple et de son gouvernement que ce gouvernement est prévaricateur, qu'il a démérité par ses excès de Dieu et du peuple, et qu'ainsi on peut lui désobéir, parce qu'au lieu de vouloir le bien commun, il ne cherche plus que son intérêt propre et sacrifie l'État et le peuple à sa gloire, à sa richesse, à son ambition, à la grandeur de sa famille et de sa dynastie. Même après cette déclaration déjà périlleuse, tout ne sera pas fait. Il peut y avoir des droits acquis par des contrats, par la prescription des siècles. C'est une grande chose, très-respectable et souvent très-utile, que la consolidation d'une même famille sur le trône par une longue suite de générations, par une succession non interrompue et non contestée. Nous reconnaissons que tout cela rend la situation difficile, politiquement et moralement, et que le chrétien consciencieux qui préfère le salut de son âme à toutes les prospérités, à toutes les libertés du monde, aimera mieux souffrir mille inconvénients, mille vexations, que de s'insurger contre une puissance ainsi établie. Mais remarquons bien que, dans la pratique, le plus souvent la question n'est pas là. Il ne s'agit pas précisément de déterminer ce qu'il faut faire avant les événements de ce genre, mais ce qu'il est permis ou excusable de faire pendant qu'ils s'accomplissent ou après coup. Les révolutions, en effet, se font presque toujours sans la volonté expresse des hommes : d'abord contre la volonté de beaucoup qui y sont employés, et ensuite, la plupart du temps, au delà de la volonté de ceux qui les désirent et qui semblent les conduire. Tout le monde y coopère, chacun à sa manière, et personne n'en veut, ou du moins ne les voulait justement comme elles se font. Les prévisions humaines sont toujours trompées ou dépassées par ces grandes catastrophes [1].

[1] En 1830 on ne voulait pas changer la dynastie, mais le ministère; et au bout de trois jours on a été fort étonné de trouver plus

Quand donc une telle explosion contre un gouvernement se fait spontanément; quand, obligé de céder à l'opposition populaire, il tombe dans la rue sous la haine ou le mépris, si effectivement il a cessé d'être le ministre de Dieu pour le bien de tous, en se faisant l'instrument de sa propre grandeur, de sa fortune privée au détriment de la fortune ou de la gloire nationale, ne peut-on pas voir dans une telle chute une juste punition de Dieu, qui abandonne à lui-même celui qui l'a abandonné, infidèle à sa mission et tournant contre la volonté divine les moyens qu'elle lui a donnés pour l'accomplir? Dieu châtie les rois comme les peuples, et il les châtie quelquefois les uns par les autres et les uns avec les autres. Nous voyons les rois d'Israël conserver ou perdre le sceptre en raison de leur fidélité à servir Dieu, et leur dynastie compromise par leurs prévarications et par leurs crimes. Si résister à la puissance établie pour faire le bien, portant le glaive pour protéger les bons et punir les méchants, c'est désobéir à Dieu même, qui l'a ordonnée à cette fin; résister à la puissance qui devient le ministre du mal, qui protège les méchants et frappe les bons, et ainsi va à l'encontre de la volonté de Dieu et de sa mission, n'est-ce pas agir selon la volonté divine, ou du moins ne peut-on pas croire que dans une telle conjoncture on ne va pas contre elle, on ne résiste pas à

qu'on ne voulait. Au 24 février 1848, l'opinion publique demandait une réforme du cens électoral et de la loi des incompatibilités; on a résisté à l'autorité royale, on l'a entravée et abandonnée pour la forcer à composer, et au lieu d'une réforme on a eu une révolution. Et cette fois le but a été doublement dépassé; car on a renversé le gouvernement constitutionnel avec la dynastie.

ce qu'elle a ordonné? Enfin, en supposant que même dans ce cas la résistance ne soit pas entièrement justifiable, si on ne peut la poser comme un droit, et jamais nous n'admettrons qu'elle soit un devoir, ne peut-on pas soutenir qu'elle est excusable, et qu'aux yeux du divin juge et de l'Église, qui le représente ici-bas, la culpabilité d'une telle action, si elle est coupable, peut être singulièrement atténuée par les circonstances ?

Nous avons distingué deux sortes de légitimité : celle que le pouvoir tire de son origine, et celle qu'il acquiert par la conformité de son existence, de son action avec sa fin. Il est évident qu'une dynastie qui règne depuis des siècles selon les lois du pays, et du consentement général, a des droits acquis, que ces droits doivent être respectés comme tous les autres, et que le peuple ne peut les violer, quand il lui plaît, en détruisant arbitrairement une domination établie par Dieu et confirmée par le temps. Resterait encore à examiner jusqu'à quel point de tels droits peuvent prévaloir contre ceux de la nation, et si jamais le gouvernement d'un peuple peut être regardé légitimement comme la propriété exclusive et inaliénable d'une famille. Car, si le principe posé précédemment est admis, savoir, que la fin dernière de la société est le bien de ceux qui la composent, et si la puissance établie, le gouvernement, n'est qu'un moyen de cette fin, la société n'existant pas pour lui, mais lui pour la société, le moyen peut-il jamais l'emporter sur la fin, ou autrement la fin de la société, c'est-à-dire le bien de tous, ne doit-elle pas prévaloir contre l'instrument destiné à l'accomplir ? D'après cela, peut-il se constituer un droit, une légitimité quelconque, imprescriptible, inaliénable, d'une puissance, d'une dynastie, contre l'intérêt de la nation tout entière, contre le bien de tous, qui est en définitive la fin dernière de la société, et par conséquent la souveraine légitimité ? Dans la pratique, ces questions, si ardues en théorie, se résolvent par le fait. Dieu, dont la volonté fait les rois et les puissances de la terre, les renverse aussi quand il lui plaît. Ils perdent par leurs fautes les droits qu'ils ont acquis par sa grâce ; et ils sont ordinairement punis par où ils ont péché, dans leur puissance. De là le brisement des trônes, le changement des dynasties et le renouvellement des empires.

Dans les sociétés qui jouissent de la liberté politique, là où tous les citoyens sont appelés à prendre part aux affaires de l'État, le gouvernement ne pouvant être constitué qu'avec le consentement explicite du peuple ou par sa volonté, la position vis-à-vis du pouvoir est plus nette, et la question de la *résistance* est plus facile à résoudre. Dans une république, le pouvoir appartenant tout entier au peuple, il le confère à qui bon lui semble, et il le reprend quand il lui plaît. Sous ce régime, le peuple, considéré dans son ensemble, ne peut pas faire d'insurrection ; car on ne se révolte pas contre soi-même. Mais si une partie de la nation, une minorité s'insurgeait contre la majorité et cherchait à détruire ce qu'elle a établi, la majorité, qui représente le tout, a évidemment le droit de réprimer et de punir les opposants.

Dans les États constitutionnels proprement dits,

c'est-à-dire dans une monarchie tempérée, qui tient
le milieu entre la monarchie pure et la république,
il se fait ordinairement une espèce de compromis
entre les deux parties, le peuple et le prince. La souveraineté, dont l'origine et le droit restent dans l'obscurité, est divisée entre eux dans son exercice, et
ils s'accommodent dans une sorte de contrat appelé
charte, constitution ou autrement, qui détermine les
droits respectifs des gouvernants et des gouvernés,
et les engage synallagmatiquement, en sorte que la
violation du contrat par une partie dégage l'autre.

Sur ce terrain, les rapports du pouvoir et du
peuple, leurs obligations réciproques peuvent être
assez exactement déterminés, bien que dans la pratique il reste toujours quelque chose de vague, d'incer-
tain, de douteux, qui peut donner lieu aux disputes,
aux tiraillements, aux collisions, surtout dans les
temps de révolutions, que ces transactions politiques
sont appelées à clore et à pacifier. Il reste ordinairement des régimes précédents, abattus par la tempête
révolutionnaire, des racines de vieux droits qu'on
n'a pu entièrement extirper, et qui tendant toujours à
repulluler, embarrassent le sol du nouvel ordre de
choses [1].

[1] Ainsi, la Restauration, en octroyant la charte de 1815 et justement parce qu'elle l'octroyait, se réservait le droit de reprendre au
besoin ce qu'elle concédait, et cette réserve était cachée dans le fa-
meux article 14, dont l'application en 1830 a brisé la branche aînée. Cette charte, que la nation regardait comme un contrat, n'était
qu'une concession facultative aux yeux de la dynastie, et par conséquent, la nation et la dynastie, s'appuyant l'une et l'autre sur un
principe contraire, ne s'entendaient pas et ne pouvaient s'entendre;

Or dans ce cas et dans tous ceux qui lui ressemblent, surtout quand il y a un contrat formel, explicite, entre la puissance et le peuple, si la puissance manque à ses engagements, si elle viole ouvertement la charte médiatrice, le peuple n'est-il pas dégagé de son côté, comme dans tout contrat, où la rupture par l'une des parties délivre l'autre? Et cependant peut-on dire qu'alors, de prime abord, par la seule vertu du droit violé, l'insurrection armée contre le pouvoir établi soit légitime? Non, sans doute; car le

En 1830, la branche cadette appelée au trône, en acceptant la couronne, parut aussi accepter le principe de son élévation, la volonté populaire, et cependant elle n'eut pas le courage de le déclarer franchement, de le reconnaître officiellement, et substitua partout le *vœu* à la *volonté* du peuple. Dans ce seul mot était toute son arrière-pensée, qui a été la pensée immuable de son règne jusqu'au dernier jour. La dynastie de juillet n'osait pas nier la souveraineté du peuple, à laquelle elle ne croyait pas, et qui la gênait après l'avoir servie. Mais elle ne voulait pas non plus l'admettre, ni surtout la consacrer, à cause de son influence sur le passé et sur l'avenir. Elle prit le parti de rester équivoque dans son langage, et de tenir toujours le juste milieu dans ses actes, afin de réserver des droits possibles, et de profiter néanmoins du fait victorieux. Se disant appelée à régner par le vœu du peuple, il pouvait s'entendre qu'à ce vœu se joignait un droit qu'il avait sanctionné, mais que le vœu, qui avait pu confirmer le droit, ne l'avait pas fait. En un mot, on se réservait tout le bénéfice de la *légitimité*, le cas échéant, et pour le présent on avait les profits de l'insurrection. La charte de 1830 ne fut pas non plus un contrat sincère. Les deux parties ne le comprenaient pas de la même manière. Il devait donc arriver un jour où l'on cesserait de s'entendre, ou plutôt il devait arriver qu'on ne s'entendrait jamais, et qu'après un certain temps de malaise, d'inquiétudes vagues, de défiances réciproques, et enfin de collisions d'abord sourdes, secrètes, puis chaque jour plus patentes et plus graves, on finirait par la guerre ouverte, par la guerre dans la rue, comme on avait commencé.

contrat politique ne ressemble pas à tous les autres. Il y a une multitude d'intérêts qui y sont engagés avec l'intérêt, l'existence de la société entière, et avant de se porter à des extrémités qui compromettent des choses si graves, la conscience et la prudence demandent qu'on résiste à l'arbitraire par tous les moyens légaux, par toutes les voies constitutionnelles, ne fût-ce que pour avoir le temps de bien reconnaître le mal, à qui il faut l'attribuer, et comment on pourrait y remédier. Le gouvernement doit être longtemps averti, éclairé par les discussions publiques, par les avis particuliers, par les débats de la presse quotidienne, et surtout par les efforts répétés, par la patience longue, persévérante, courageuse d'une opposition vraiment constitutionnelle, qui, si elle est sincère et désintéressée, peut seule sauver le pays d'une révolution et la royauté de sa ruine.

Mais si, malgré tout, le gouvernement aveuglé persiste dans ses mauvaises voies, s'il ne tient aucun compte des vœux, des représentations, des avis ni même des menaces, si au moyen d'un système persévérant de corruption ou d'intimidation, il parvient à fausser la représentation nationale par une majorité factice et dévouée à ses intérêts plus qu'à ceux du pays, et qu'alors le gouvernement constitutionnel étant perverti dans sa marche et ne pouvant plus fonctionne selon sa fin pour le bien de la chose publique, le peuple s'indigne, s'exaspère et entre en lutte avec le pouvoir, sans sortir cependant encore des voies légales; si celui-ci, qui n'a plus d'autorité par la confiance, ni de force par l'amour, se résoud à employer la force pour empêcher ou rompre une opposition menaçante, et que les citoyens persuadés de leur droit regardent comme légitime, alors la raison étant à bout de voie des deux côtés, comme il arrive toujours quand les passions sont en présence, la guerre devient inévitable, et c'est la force qui décidera. Cependant, même en cette conjoncture, un chrétien se gardera de prendre l'initiative; car attaquer un gouvernement établi, quels que soient ses torts, c'est bouleverser l'ordre public dont ce gouvernement est le ministre, et personne ne peut en prévoir toutes les conséquences. Il attendra donc que l'autorité commence l'attaque par la violence, sous le prétexte d'empêcher des actes attentatoires à ses droits et aux lois, et alors, poussé à bout dans la défense de son droit violé, il se croira autorisé à repousser la force par la force : 1° parce qu'il regarde la violence qui lui est faite comme illégale; 2° parce qu'ayant à défendre ses droits méconnus ou méprisés, sa personne et son existence compromises ou menacées, il s'estimera comme en état de défense naturelle. L'insurrection dans ce cas, même armée, lui paraîtra donc permise, comme on peut se servir de toute arme pour protéger sa vie indûment attaquée. Mais là aussi, comme dans la défense naturelle, il ne doit se servir de ses armes que pour se défendre et non pour détruire son adversaire. Il doit chercher à maintenir son droit et à rétablir la justice, mais non à renverser la puissance agressive, si cela n'est pas nécessaire à la légitime défense. Cependant, qui peut répondre de ce qui arrivera dans l'ardeur du combat? On n'est plus maître de ses coups, quand la vie est en danger. L'instinct l'emporte sur la prudence, et l'ennemi peut périr dans la lutte malgré nous. C'est ce qui a lieu le plus souvent dans ces tristes conjonctures. Le but est presque toujours dépassé, et l'insurrection, qui réclamait d'abord l'exercice d'un droit, ou une concession, amène un bouleversement.

Nous pensons donc,

1° Que dans ce dernier cas la résistance par la force au pouvoir, qui emploie illégalement et initiativement la force, est permise;

2° Que le citoyen, qui prend l'initiative de la résistance à un pouvoir qui viole évidemment le pacte social, est excusable et dans le cas des circonstances atténuantes;

3° Que là où il n'y a point de pacte social ni aucune convention explicite entre les gouvernants et les gouvernés, si la puissance tourne au despotisme au mépris de sa mission divine et de la fin dernière de la société, dont elle doit être le moyen principal, et que, par ses actes tyranniques, elle amène une explosion spontanée qui la renverse, la conduite de tous ceux qui y ont contribué de bonne foi et pour défendre la justice, le droit et la dignité humaine, est plutôt conforme que contraire à la volonté de Dieu.

L'Église n'a jamais formulé une doctrine à cet égard; elle n'impose point de préceptes, et cela se comprend, puisqu'elle déclare n'avoir pas mission de juger les intérêts du siècle. Mais sa conduite dans les événements de ce genre, auxquels elle ne peut rester entièrement étrangère, nous indique son esprit

et ce qu'elle désire. Elle nous dit comme saint Paul
aux fidèles de Corinthe : Je n'ai point de préceptes
à vous donner en cette matière ; mais voici ce que
je vous conseille....., soyez mes imitateurs. Or,
ce qui la préoccupe par-dessus tout au milieu des
révolutions des peuples et du bouleversement des
empires, c'est le maintien de la religion divine,
qu'elle est chargée de conserver et de perpétuer ;
c'est l'exercice aussi libre que possible du culte, sans
lequel la religion ne peut se développer ; c'est la possibilité d'instruire, de guérir et de sauver les âmes ;
et comme la religion de Jésus-Chrit est la source de
l'ordre et de la justice, la garantie la plus sûre de la
moralité et de la paix, là où elle peut exercer son
influence, le fondement de l'ordre est posé, l'équité
se rétablira, le respect de tous les droits reviendra,
et la société sera restaurée. Telle a été sa manière
d'agir dans nos diverses révolutions. Elle a toujours
accepté les faits accomplis et leurs conséquences dès
que la religion a été respectée, le culte rétabli ou
maintenu, et par conséquent les lois divines et humaines imposées aux nations [1].

---

[1] En 1802, le pape Pie VII fait un concordat avec le premier con-
sul de la République Française, dans lequel il reconstitue l'Église
de France et sanctionne la vente des biens ecclésiastiques, à la condition pour l'État de subvenir convenablement à la subsistance des
ministres de la religion et aux frais du culte. Le pape reconnaît donc
la république et son chef, puisqu'il traite avec eux, et cela sans mettre
en question, sans discuter les droits de la royauté déchue, que l'Église
laisse pour ce qu'ils sont, sans les infirmer ni les confirmer, déclarant par là au monde qu'elle ne veut pas intervenir dans les intérêts
politiques, et que fidèle à sa mission, elle veut une seule chose, rétablir la religion catholique en France, afin que les âmes qui sont

Or, si l'Église par ses souverains Pontifes, par ses évêques accepte un gouvernement nouveau, même sorti d'une insurrection violente; si, sans discuter le droit de ce gouvernement, elle le reconnaît de

sous sa juridiction spirituelle ne restent point dépourvues des moyens du salut. A cette fin, et uniquement à cette fin, elle traite, aussitôt que cela est possible, avec le pouvoir de fait qui y domine, parce que ce pouvoir, assez fort pour rétablir l'ordre et assurer l'observation de la justice, lui offre toutes les garanties d'une puissance ordonnée par Dieu pour devenir le ministre du bien : *minister in bonum.*

En 1804, le pape consent à se rendre à Paris pour sacrer Napoléon empereur. Ici, encore, il fait un acte purement ecclésiastique, et il le fait uniquement dans l'intérêt de la religion, dont le nouveau César s'est déclaré le protecteur, le restaurateur dans les temps les plus difficiles et au milieu des plus grands obstacles. Le souverain pontife passe par-dessus toutes ses répugnances, sacrifie ses convictions personnelles. Il sait très-bien ce qu'a été Bonaparte en Italie, en Égypte, en France; il n'a pas oublié tout ce qui est arrivé dans ce pays depuis le commencement de la révolution jusqu'à la mort de Louis XVI et au delà. Toutes ces choses disparaissent devant le grand intérêt de la religion catholique, dont il est le premier dépositaire, le chef suprême, et qu'ainsi il a plus que personne la mission de conserver et de développer sur la terre. Il s'élève donc au-dessus des calculs de la politique, des vues diplomatiques et des intérêts humains, comme il a surmonté ses propres sentiments pour ne voir qu'une seule chose, la religion catholique; pour ne plus vouloir qu'une chose, la restauration de l'Église en France. Avec l'Église, tout se rétablira, l'ordre, la justice, les droits de tout le monde. Mais sans l'Église, sans la religion, rien ne se consolidera, même ce qu'il y a de plus légitime au monde, et à plus forte raison ce qui est perdu ne se retrouvera pas. Les droits méconnus ou violés n'auront jamais de satisfaction.

Les faits ont justifié la prudence hardie de Pie VII. Jamais mesure plus importante n'avait été prise par un pape; jamais la puissance pontificale n'avait été plus largement, plus absolument exercée, et cela dans la partie du monde catholique qui jusque-là y avait mis le plus d'entraves, chez un peuple qui se vantait d'être le plus ja-

fait et comme un fait respectable, c'est-à-dire comme
une puissance qui a droit d'être obéie, parce qu'elle
devient ministre de Dieu pour le bien en rétablissant
l'ordre public et en faisant respecter la justice, peut-on

loux de ses libertés vis-à-vis de la puissance du Saint-Siége. L'Église
gallicane tout entière, avec tous ses priviléges, immunités et libertés, est détruite d'un trait de plume; tous les évêques, qui n'ont pas
voulu se démettre, sont déposés, et une nouvelle Église surgit sur le
sol français avec de nouveaux prélats et des juridictions nouvelles.
Par l'influence de la religion et de son culte, l'ordre moral et social
se consolide, la législation s'affermit, les mœurs s'améliorent, et,
après quelques années, le monde, étonné de la puissance et de la
gloire du nouvel empereur, qui a fait de si grandes choses, s'étonne
plus encore de le voir tomber de si haut et céder le trône, qu'il a re-
levé, aux fils de saint Louis et de Henri IV, aux successeurs de
Louis XVI, dont les droits obscurcis, mais réservés, reparaissent au
moment marqué par la Providence, et sont proclamés et réalisés de
la manière la plus inattendue.
En 1830, la branche aînée des Bourbons est brisée; la branche
cadette s'y substitue. Du vivant de Charles X expulsé, le duc d'Orléans est proclamé roi des Français. Le voilà roi par la volonté ou
par le vœu du peuple, et si la monarchie doit subsister, lui seul en
ce moment est capable de la soutenir. Il la soutient en effet, moins
noble, moins digne que ses aînés, mais cependant avec toutes les
conditions d'un gouvernement régulier, qui maintient l'ordre et fait
respecter la justice. La religion, un moment attaquée, retrouve
bientôt sa paix, sa sécurité; ses temples sont multipliés, embellis,
et ses ministres peuvent vaquer librement aux fonctions du culte et
au soin des âmes. L'Église ne repousse point ce nouveau gouvernement, quoi qu'elle puisse penser de son origine; elle le reconnaît
comme fait, sans discuter son droit. En traitant avec lui, elle ne lui
demande qu'une chose, de protéger la religion et d'accorder tout ce
qui est nécessaire au culte. Ici, encore, les traités et les relations diplomatiques avec le Saint-Siége n'emportent pas plus la reconnaissance des droits politiques de la dynastie d'Orléans, que le concordat de 1802 n'impliquait ceux de la république ou du premier con-
sul. Le fait accompli est seul accepté; le droit subsiste tout entier
pour reparaître en son temps, s'il y a lieu, et être discuté par qui il

15

dire qu'elle condamne absolument, et pour le seul fait
de leur participation, tous ceux qui ont pris part à
l'insurrection et qui se sont employés directement
ou indirectement à la faire réussir. Sans doute elle
condamne hautement les crimes qui ont pu être commis, les moyens odieux ou immoraux qui ont pu
servir, c'est-à-dire tout ce qui est contraire aux commandements de la loi divine ; mais le seul acte d'a-
voir contribué à renverser un pouvoir qui a manqué
à ses engagements et rompu son contrat avec le peuple, d'avoir repoussé par la force la force d'un gou-

appartient, les peuples et la Providence, au milieu du tonnerre et
des éclairs des révolutions.

Et voici qu'en ces derniers temps un nouveau coup de foudre
frappe la branche cadette à son tour. La voilà brisée aussi ; son tronc
est renversé, et ses rameaux nombreux et florissants secoués et jetés
au vent. Le peuple se déclare seul souverain, et cette fois il n'y a
plus d'équivoque ; c'est une volonté bien déclarée. La république
est proclamée sur les débris de la monarchie. La charte, qui devait
régner à tout jamais, parce qu'elle devait être une vérité, est déchirée ; la constitution du pays est rasée, toutes les institutions détruites
ou ébranlées, et la dynastie, qui était inviolable, violée dans son
chef et dans ses descendants. Que fait l'Église en ce moment terrible ? Au cri de *Liberté !* elle répond *Liberté !* Elle se rallie tout aussitôt au gouvernement provisoire, né de l'émeute et dans le sein de
l'insurrection, sans titre, sans droit, sans mission autre que la nécessité du moment. Elle s'y rallie sagement, parce qu'avant tout
elle veut l'ordre public, la justice commune, le respect des personnes et des propriétés ; et elle veut tout cela comme les conditions
indispensables de la société civilisée, comme les moyens nécessaires
du perfectionnement de la civilisation par la religion et les bonnes
mœurs. Ne pouvant soutenir le gouvernement qui tombe miséra-
blement, comme un gouvernement quelconque vaut encore mieux
que l'anarchie, elle accepte, elle soutient celui que la nécessité
présente pour rétablir l'ordre, et par l'ordre maintenir la religion,
son culte, ses ministres, et tout ce qui sert au salut des âmes.

vernement oppresseur des libertés publiques, au mépris de ses serments, nous ne pensons pas que l'Église le condamne, et nous avons tout lieu de croire, par sa conduite en de si graves circonstances, qu'elle l'excuse et le pardonne.

L'Église n'autorise jamais l'insurrection, dans quelque cas que ce soit; elle y excite encore moins; elle peut l'excuser quelquefois, et toujours elle est miséricordieuse envers ceux qui ont agi de bonne foi, sincèrement, par l'indignation du droit violé et par l'entraînement de l'amour de la liberté. Elle a toujours accepté comme un fait accompli tout gouvernement nouveau, qui s'est montré juste, modéré, protecteur des droits de tous, et surtout de la religion et de son culte.

L'Église recommande à tous ceux qui croient en sa parole d'obéir à la puissance établie aussi longtemps qu'il leur sera possible; de supporter tout ce qui est supportable, plutôt que de provoquer des bouleversements dont personne ne peut prévoir les suites; et dans le cas où l'injustice devient trop criante, l'oppression trop lourde, la tyrannie flagrante, de résister d'abord passivement, c'est-à-dire de paralyser, d'annuler autant qu'il sera possible l'action du pouvoir par la force d'inertie, en lui refusant tout concours non absolument nécessaire: puis de résister encore tout en obéissant, c'est-à-dire d'employer tous les moyens légaux et moraux de contrarier ou d'empêcher les mesures tyranniques du gouvernement sans s'y opposer par les armes; et enfin de n'avoir recours à ce moyen extrême que dans la dernière né-

cessité , c'est-à-dire comme moyen de défense naturelle , quand le pouvoir emploie lui-même la force
pour violer les droits des citoyens ou les empêcher
d'en user.

Et encore, dans cette extrémité, elle conseille aux
chrétiens la plus grande prudence, la plus sage réserve , parce que,

1° Dans la lutte des citoyens avec le gouvernement,
il est très-difficile de distinguer nettement les limites
du droit, jusqu'où le pouvoir peut aller légalement
et le point précis où l'on doit l'arrêter, où l'on peut
lui résister. Il faudrait un arbitre impartial pour le
déterminer, et dans ces conjonctures malheureuses
les passions surexcitées sont ordinairement juges dans
leur propre cause.

2° Il est toujours très-grave de s'insurger contre le
gouvernement de son pays, quel qu'il soit : car il est
bien difficile à un individu d'assigner précisément le
moment où ce gouvernement forfait à ses devoirs, à
sa mission et mérite déchéance. Et puis, un citoyen
consciencieux, un chrétien osera-t-il prendre une
telle initiative, se donner lui-même une telle mission,
jusqu'à saisir les armes pour l'accomplir? Un vrai
chrétien reculera jusqu'à la dernière extrémité; il
souffrira tout ce qu'il pourra endurer avant de s'y
résoudre, à cause des conséquences terribles d'un tel
acte pour la vie actuelle et pour la vie future.

3° Enfin, les suites de l'insurrection, même de celle
qui paraît la plus juste, sont incalculables; elles peuvent être en définitive plus funestes à la chose publique que le despotisme dont on veut la délivrer. Or, si

l'on peut soupçonner qu'il en soit ainsi, il serait imprudent, il serait criminel et absurde à la fois d'employer un prétendu remède, qui ne servirait qu'à aggraver le mal, et serait pire que la maladie. Il vaut mieux laisser mourir le malade de lui-même, quand les médicaments ne peuvent que hâter sa fin ou la rendre plus douloureuse.

Aussi, d'après toutes ces considérations, qui ressortent de la doctrine et de l'esprit de l'Église catholique, nous croyons pouvoir affirmer, que dans une société politique composée de vrais chrétiens il n'y aurait point de révolutions. Les changements à faire dans la constitution, dans les institutions, dans le gouvernement, et ils sont nécessaires avec le temps par le renouvellement continuel des hommes et des choses, s'opéreraient graduellement, de gré à gré, sans secousse, avec intelligence et bonne volonté des deux parts. Le droit gêné, contrarié, réclamerait avec modération et se dégagerait doucement par la force morale de la discussion. Le pouvoir, convenablement limité et sérieusement responsable, parce qu'à ses yeux il le serait devant Dieu plus encore que devant les hommes, se garderait bien d'arrêter le cours de la justice en lui opposant des obstacles imprudents qui le changent en torrent fougueux ; il lui laisserait un libre passage tout en le maintenant dans ses bords ; il s'attacherait consciencieusement à discerner et à satisfaire, autant qu'il lui serait possible, les exigences nouvelles, mais légitimes, des libertés publiques, et il le ferait d'autant plus volontiers et plus largement, qu'il serait plus désintéressé, et ne mettrait point son propre avantage ou un intérêt dynastique au-dessus de la chose commune. Et alors on aurait une société forte, puissante et calme, qui, se perfectionnant peu à peu et avançant toujours dans la voie du progrès véritable sans reculer jamais, se consoliderait en se développant, et ne risquerait point de se ruiner elle-même par des agitations intestines, qui détruisent en un jour le fruit de plusieurs siècles. Chez une telle nation, animée et gouvernée par l'esprit de l'Évangile, on ne verrait point de ces drames sanglants qu'on appelle *révolutions,* et qui, tout admirables et prodigieux qu'ils puissent être par la force et le courage qui s'y déploient, ne laissent pas que d'ébranler le monde civilisé, de ruiner les États jusque dans leurs bases, de bouleverser toutes les existences, et de jeter les peuples dans la confusion de tous les droits, dans le désordre des esprits et des volontés, dans l'anarchie, dans la misère, et presque toujours par l'une et par l'autre dans le despotisme, et cela au nom de la liberté ! Conséquence absurde, qui démontre évidemment la fausseté du principe d'où on est parti.

FIN.

www.ingramcontent.com/pod-product-compliance
Lightning Source LLC
Chambersburg PA
CBHW061434030726
47503CB00005B/1401